북간도

北間島

작품 해설 – 한수영
동아대 국어국문학과 교수, 문학평론가.
주요 저서로는 『문학과 현실의 변증법』, 『한국 현대비평의 이념적 성격』, 『소설과 일상성』, 『친일문학의 재인식』 등이 있음.

북간도 제3권

초판 1쇄 발행 2013년 2월 12일

지 은 이 안수길
펴 낸 이 최종숙
펴 낸 곳 글누림출판사

책임편집 이태곤 | **편집** 임애정 | **디자인** 안혜진 | **마케팅** 이상만 | **관리** 이덕성
주　　소 서울시 서초구 반포4동 577-25번지 문창빌딩 2층
전　　화 02-3409-2055(대표), 2058(마케팅), 2060(편집)
팩　　스 02-3409-2059
등　　록 제303-2005-000038호(2005.10.5)
전자메일 nurim3888@hanmail.net | **홈페이지** www.geulnurim.co.kr

정가 10,000원
ISBN 978-89-6327-206-1 04810
　　　978-89-6327-203-0(전3권)

출력·안문화사 인쇄·바른글인쇄 제책·동신제책사 용지·에스에이치페이퍼

* 이 책의 판권은 저작권자와 글누림출판사에 있습니다. 서면 동의 없는 무단 전재 및 무단 복제를 금합니다.
* 잘못된 책은 바꿔드립니다.

북간도

안수길 대하소설

③

글누림

No. 7

이광경

개!
저쪽에서 개 한마리가 또 뛰어온다.

차례

제5부

보리 팰 무렵의 개가(凱歌)
11

가을의 연극
37

청산리와 샛노루바우
66

자치도 안 돼
109

제 발로 걸어서
126

낮과 밤
155

어둠이 짙어 가고
173

그 뒤에 올 것
197

낱말 풀이 __ 215
작품 해설 한수영(동아대 교수) __ 219

제1권

제1부
사잇섬 농사
감자의 사연
성난 불꽃
앞으로 갓!

제2부
어둠 속의 꼬망둥
당신네와 우리는 같다
노랑 수건 김 서방
잊지 못할 이 땅에서

제2권

제3부
우리도 값이 오른 셈
그래도 떠나는 사람들
울화는 공을 차고

제4부
발등을 밟았다
걸음을 멈추고
두 장례
산과 땅 속으로
거금 15만 원

일러두기

1. 작품 출전은 처음 발표된 지면과 본 대하소설이 정본으로 삼은 판본의 출전이다. 1부는 〈사상계〉, 1959. 4(1부) /『북간도』, 삼중당, 1967, 2부는 〈사상계〉, 1960. 4(2부) /『북간도』, 삼중당, 1967, 3부는 〈사상계〉, 1963. 1(3부) /『북간도』, 삼중당, 1967, 4부와 5부는 『북간도』, 삼중당, 1967임을 명시해둔다.

2. 독자의 이해를 돕기 위해 각 권의 말미에 낱말 풀이를 달았으며, 작품 해설을 붙였다.

3. 맞춤법과 띄어쓰기는 현행 규정에 따라 고쳤다. 외래어 표기도 이에 따랐으며, 장음 표시는 삭제했다. 그러나 대화에 나오는 구어체나 사투리는 그대로 살렸다.

4. 한글 표기를 원칙으로 하여 원본의 한자는 모두 한글로 고쳤다. 필요한 경우에는 ( ) 안에 넣어 표기하였다.

5. 대화는 " "로, 독백은 ' '로, 작품의 제목은 「 」로, 장편소설과 책의 제목은 『 』로, 정기간행물 명은 〈 〉로 표시하였다.

제 5 부

보리 팰 무렵의 개가(凱歌)

1

백두산을 주봉으로 하는 장백산맥에서 서북으로 갈라져 뻗어 나간 것이 노야령(老爺嶺)의 산줄기다.

이 노야령 산맥으로 북간도는 안도(安圖), 화전(樺甸), 돈화(敦化), 영안(寧安), 동녕(東寧)의 다섯 현(縣)에 인접해 있고 남으로는 두만강을 격해 함경북도, 동편으로는 노령의 연해주와 경계를 삼고 있는 것이다.

노야령 산맥의 최고봉인 북증산(北甑山)에서 뻗어 나간 오랑캐령 산맥(兀良哈嶺山脈)은 꿈틀꿈틀 굵었다 가늘었다 두만강에 연해 북동으로 굽이치면서 무산(茂山) 대안에서는 스두거우령[四道溝嶺], 꺼리웨즈령[高麗崴子嶺], 회령간도(會寧間島)에서는 함박동령(咸朴洞嶺), 오랑캐령, 종성간도(鍾城間島)에서는 꿔스령[國師嶺] 등의 높은 봉우리를 뽑아 놓고 있다. 이 동북으로 굽이치는 오랑캐령 산맥과 서북으로 에워싸고 있는 노야령 산맥이 북에서 서로 만나는 사이의 지역을 하발령[哈巴爾嶺]에서 발원하는 부루하더강[布爾哈德江], 북증산에서 시작하는 해란강(海蘭江) 두 줄기가 분수령(分水嶺)인 마안산(馬鞍山), 모아산(帽兒山)의 일련의 능선 좌우로 흐르다가 마침내 합류하고 만다.

두 강의 유역 일대의 평지의 동북편에 가야허(嘎呀河)가 흐르고 있다. 가야허는 해란이나 부루하더에 비해 큰 강이 아니다. 그리고 유역 일대도 두 강의 유역보다 평지가 넓지 못하다.

좌우로 육박해 있기 때문이다. 그러나 이 유역 일대가 왕청현(汪淸縣)이다. 왕청을 비롯해 하마탕(蛤蟆塘), 일랑거우[依賴溝], 시대피거우[西大坡溝], 나자거우[羅子溝] 등등, 독립운동 지사들의 근거지고 집결지고, 정신과 더불어 군사훈련이 맹렬히 행해지고 있는 곳이고 군사령부의 소재지다.

산악지대라고 하나 태평령(太平嶺) 같은 이름 있는 산이 몇 개 솟아 있을 뿐, 대체로 고원지대 같은 구릉의 연접이었고 골짜기로 찾아 들어가면 탁 트인 곳도 많았다. 군사훈련을 하기에도 알맞은 곳이 아닐 수 없다.

그러나 그것보다도 이 지대면 노령과의 내왕에 편리했다. 하마탕, 시대파에서 국경을 넘나드는 길도 있었고 혼춘을 통해 내왕할 수도 있었다. 노령에의 내왕은 무기 구입 때문이었다. 그러나 그뿐만도 아니었다. 두만강을 사이에 두고 국내의 온성(穩城) 지방과는 인접한 지대였다.

국내에 들어가, 연안의 경찰서나 일본군 수비대를 습격하고 밀정과 반역자를 살해하는 싸움에 가장 편리한 지대가 이 왕청현 일대인 것이다.

용정과 국자가(연길)가 중심지가 되어 있는 해란, 후루하더 두 강 유역 일대의 평지가 일본 경찰의 세력 범위인 데 반해 가야허 유역을 중심으로 하는 왕청현 일대는 상해의 '대한민국 임시정부' 관할의 동만(東滿)

지역, 특히 군사관계의 특수지대라는 느낌이었다.

이 지역에 본부를 두고 있는 단체는(1920년 3월 현재) 북로군정서, 국민회 등 열두 조직이었다.

모두 병력의 차가 있으나 군대를 가지고 실력투쟁을 하고 있었다. 독립선언 전후에는 각각 자기 단체의 조직이 정통이라고 우겨대는 경향이 있었다. 약간의 알력과 마찰이 없는 것도 아니었다.

상해에 '대한민국 임시정부'가 수립된 뒤에도 그 지배하에 들 것을 주저하는 조직도 있었다. 그러나 마침내 임정 산하에 들어 움직이게 되었고, 각 군대는 횡적 연계를 맺고 있었다.

이러던 1920년 6월 7일 새벽이었다. 두만강 건너 온성 대안의 부락 봉오골[鳳梧洞]에 군대가 진주하고 있었다.

> 동포여 나가자 용감하게
> 적수공권인들 무서울 게 무어냐?
> 정의와 인도의 광명이 비치는 곳에
> 원수의 천병만마, 능히 이기리.

독립운동가를 우렁차게 부르는 30여 명의 장병들이었다. 지휘자는 홍범도, 모두 신식 장총으로 무장하고 있었다. 체코 군대가 헐값으로 양도해 준 무기였다.

2

윤준희, 임국정들의 무기 구입자금 15만 원 사건은 적지 않은 충격을 주었다. 독립운동 지도자들은 물론 뜻있는 주민들에게도 그랬다. 지도자들은 각각 조직망을 통한 모금투쟁에 열을 올렸고 주민들도 호응하는 기세가 전보다 몇 갑절이었다. 엉거주춤하기 일쑤였던 돈 많은 사람도 달라졌다.

부인들까지 금비녀, 은가락지, 가슴에 차고 있던 패물들을 서슴지 않고 바쳤다.

북간도 현지에서뿐이 아니었다. 국내에서도 극비 속에 활동하는 모금운동원에 거액의 현금을 헌납하는 뜻있는 부호들이 적지 않았다. 모이는 대로 각 단체는 무기를 사들였다. 무기의 공급을 받고 보니 사기는 높아지지 않을 수 없었다. 목총이 아닌 실총, 공포가 아닌 실탄, 훈련 능률이 또 오를밖에 없는 일이었다.

각 단체는 그 단체가 훈련시킨 무관 학생을 정규병으로 개편하는 한편 모병(募兵)운동도 일으켰다.

북간도에서뿐 아니었다. 노령에서도 많은 장정들이 지원 응모하고 있었다. 임시정부 동만(東滿) 특파원 왕덕삼(王德三)의 조사에 따르면 이 무렵(1920년 여름) 북간도에 산재한 병력의 수는 정규 군인만도 2천을 넘고 있었다.

국민회 계통에서는 독군부(督軍部) 군인이 500명, 무기 500정, 재정(財政) 5만 원.

북로군정회 계통은 군인 500명, 무기 500정, 기관총 2문, 폭발탄 다수, 재정 10만 원.

의단군(義團軍), 군인 200명, 군총 30여 자루, 그 밖에 엽총 다수, 재정 10만 원.

신민회(新民會), 군인 500명, 무기 150정.

광복단(光復團), 군인 150명, 무기 100정.

의민단(義民團), 군인 200명, 무기 200정.

야단(野團), 단원 약 2만 명, 무기는 없으나 군복 수천 벌을 만들어 군대에 공급—.

2천이 넘는 완전무장을 갖춘 병력, 그뿐이 아니었다. 예비군으로 각 단체는 사관 학생을 가지고 있고, 현지는 물론 국내외를 통해 성원과 재정적인 뒷받침이 되어 있다.

군인들의 사기가 높아지지 않을 수 없는 일이다. 거기에 정신적으로 무장되어 있다. 사기 높은 군인들은 소부대로 나뉘어 산발적으로 실전에 참가했다.

두만강을 건너, 국내에 쳐들어간다.

연안의 대소 읍과 촌락의 주재소와 수비대를 습격하는 작전이었다. 연안 일대에 포진하고 있는 일군을 무찌르는 것은 적의 제1선을 무너뜨리는 것이 된다. 그리고는 국내에 깊숙이 진주한다. 그것만이 아니었다. 공격을 하면서 군자금모집도 병행한다.

공격이 치열하지 않을 수 없었다.

3월 15일엔 2백여 병력이 밤 아홉 시경 온성 지방의 풍리동(豊利洞)에 출동했다. 주재소의 순사 4명이 발포로 대항하면서 야경원 2명을 시켜 인접한 경찰서의 응원을 청했다. 급거 출동한 일본 경관대는 주재소 뒤의 언덕의 유리한 장소에 포진하고 응전했다.

치열한 사격전을 벌인 끝에 군대는 대안으로 철수했다. 이 전투에서 백 발 가량의 사격을 했다. 야경원 한 명이 유탄으로 살해됐다. 소액이나 군자금모집의 성과도 올리고 월파동(月坡洞)에 진주한 것은 이틀 뒤인 17일 한밤중 한 시경이었다. 30여 명의 무장 군인이었다. 6백 원의 군자금을 모집하고 인접한 풍교동(豊橋洞)에서도 전투 없이 모금만 하고 철수했다. 대항이 없었기 때문이었다.

18일에는 새벽에 2백의 병력이 미포면(美浦面) 장덕동(長德洞)에 진주했다. 30여 원의 군자금이 모집됐다.

이번 출전에서는 가슴 아픈 사건이 생겼었다. 면장의 어머니요, 헌병보조원의 어머니인 한 할머니를 사살한 일이었다. 독립군의 진주를 경찰서에 신고하려고 했기 때문이었다.

이 급보에 인근 주재소와 온성 경찰서에서 경관대가 출동했으나 독립군이 벌써 철수한 뒤였다. 이 밖에도 미점동(美占洞)의 전투, 향당동(香堂洞)과 온성읍에의 공격 등등이 18일에 있은 일이었다.

그리고는 26일과 27일은 남양동(南陽洞)의 공격이었다.

―이상이 일본 측의 기록에 나타난 3월 한 달, 그것도 15일부터 27일까지 10여 일간의 독립군의 전투상황이었다. 이렇듯 끈덕진 공격에 국경을 수비하는 일본 군경의 침식이 달가울 수 없었다.

삼수갑산 지방처럼 일본인 헌병과 경찰은 가족을 피난시켰다. 그러나 그것으로 그치지 않았다. 대량의 병력을 투입해 독립군 토벌의 일대 작전을 펴기로 했다.

동원된 병력은 아스가와 소좌(安川少佐)가 지휘하는 나남(羅南)의 조선군 제19사단의 한 부대와 니이요시(新美二郞) 수비대장이 인솔하는 남양수비대(南陽守備隊) 전원으로 편성된 1개 연대 상당수였다.

6월 초순이었다.

보리가 자라고 있었으나 다른 곡초는 이제 겨우 자라나기 시작하고 있을 무렵이다. 더 우거지기 전에 손을 써야 된다.

토벌대는 일찍이 두만강을 도하, 이 잡듯이 수색해 사살하고, 근거지를 찔러 불 지르는 등 온갖 잔인한 방법을 써서라도 이번에 독립군의 씨를 없애고, 뿌리를 뽑으려고 치밀한 작전을 꾸미고 있었다.

그리고 분대를 편성해 두만강 안의 요지에 배치하고 물샐틈없는 경비를 펴면서 출동명령을 대기하고 있었다.

그럴 무렵이었다.

독립군의 1부대 30여 명이 양수천자(涼水泉子)의 삼둔자(三屯子) 지방에서 대안인 은성군 상탄동(上灘洞)과 강양동(江陽洞)에 진격한 일이 생겼다. 6월 4일 새벽 다섯 시 무렵의 일이었다.

그러나 진격이 끝나기 전에 일본군의 척후병을 만나 교전하는 동안, 남양수비대의 17병력이 도하, 독립군의 배후를 차단하는 작전으로 대항해 왔다.

치열한 전투가 벌어졌다. 그러나 독립군은 서쪽으로 퇴각해 삼둔자 지방을 포기하고 말았다.

전사자 1, 부상자 2, 포로 2, 소총 3, 탄환 445발- 이것이 이 전투에서의 독립군 측의 손해였다.

이 전투를 서전으로 일본군은 각 지점에서 일제히 도하했고 6일까지 3일간 도처에서 독립군과 치열한 교전이 있었다.

그 중에서 큰 싸움은 왕청현 봉화리(烽火里)에서의 전투였다.

백여 명의 독립군은 일본군 5백여 명과 교전하여 60명을 사살하고 부상자 50여 명을 내는 전과를 올렸다. 독립군 편의 손해는 부상자 2명,

유탄으로 죽은 부락민 9명이었다.

6월 6일 오전의 전투였던 것이다.

이 밖에도 삼둔자 북방 고지에서의 일본군 니이요시 소대 보초선의 습격, 503고지에서의 항전 등등이 기록에 남아 있는 전투다.

이런 전투상황의 보고를 들은 동만군사령부(東滿軍司令部)는 지휘관 홍범도와 최명록(崔明祿)으로 하여금 두만강 연안의 가장 가까운 독립군 근거지인 봉오동(鳳悟洞)에 진주하여 거기를 거점으로 일본군 토벌대와 접전, 이를 완전히 섬멸하도록 명령했다.

그 병력이 7백여 명이었다. 이렇게 홍범도와 최명록은 각각 군대를 인솔하고 봉오동으로 향했다. 그리고 지금 먼저 홍범도가 지휘하는 3백에 가까운 군인이 아침 공기를 헤치면서 목적지 봉오동에 들어오고 있었다.

3

19사단의 정규군과 수비대 군경의 연합토벌대, 1개 연대 병력과의 일대 결전이 앞으로 있다. 그 앞으로 벌어질 전투에 군인들의 가슴은 벅차지 않을 수 없었다.

벅찬 가슴이 우렁차게 군가를 부르게 만들었다.

풀잎에 맺혀 있는 이슬방울이 솟아오르는 햇빛에 구슬처럼 아름답다.

저벅저벅.

그 구슬을 힘차게 밟으면서―.

동포들아 깃발을 들어라, 자유의 깃발을.

삼천리 신대한의 독립정신을
세계만방 국민들이 찬양하도록
영광의 태극기를 높이 들어라.

군가 소리와 발자국 소리에 봉오골 아이들이 밖으로 뛰어나왔다.
"홍 장군이 온다."
아이들의 부르짖음에 어른들도 나오고 있었다. 홍범도의 봉오골 진주는 오랜만의 일이기 때문이었다.
주민들의 환영은 극진했다. 홍 장군이 오랜만에 왔다고 해서만이 아니었다. 야스가와 토벌대가 봉오동을 대거 습격한다는 풍문에 전전긍긍, 밤잠을 이루지 못하고 있었기 때문이었다.
"이제 살았습메다."
"여기 오래 머물러 떠나지 말아 주십시오."
주민들은 이렇게 탄원도 했다. 그러면서 군인들을 호궤(犒饋)도 했다.
홍범도는 주민들의 환영에 호응해 주면서도 긴장을 풀지 않았다.
군인들을 일단, 학교 교실에 들어가 있게 했다. 진주했다는 내색을 일시나마 내지 말자는 생각에서일까?
자신도 직원실에 막사를 정하고 사령부의 연락관과 유지들을 접견, 최근 수삼 일 내의 부근의 전투상황 등을 듣고 있을 때였다.
"장군."
산봉우리에 배치해 놓았던 감시병이 헐떡거리면서 들어왔다.
"무언가?"
"적의 대부대가 이리로 향해 진격하고 있습니다."
"적군이 보이는가?"

감시병은 망원경으로 본 상황을 요령 있게 보고했다.

"알았다."

그리고

"주민 전부를 교정에 모이도록 해주시오. 급합니다."

유지들에게 말했다. 삽시간에 주민들이 모여들었다.

홍범도는 교정에 마련되어 있는 단에 올라섰다.

중키에 뚱뚱하게 다져진 몸집은 구릿빛 얼굴과 더불어 초로(初老)의 오십객 같지 않았다. 나무로 만든 단이 삐걱 소리와 함께 짜부라져 물러앉지 않을까 싶을 무게가 느껴졌다. 군복 차림이긴 했으나 권총도 차지 않고 계급장도 없다. 그저 민간인 같은 텁텁한 모습. 그러나 목소리는 까랑까랑 힘찼다. 그런 목소리로 먼저 간단하게 인사의 말을 한 다음—.

"……봉오골을 잠시 동안 비워 주셔야겠습니다. 남녀노유 한 사람도 빼지 말고 주위의 산 위 아무 데나 피신해 주십시오."

봉오골은 분지 안에 자리 잡고 있는 마을이다. 나지막한 산이 둥그렇게 동네 주변을 둘러싸고 있는 지형, 마치 이남박을 바로 놓은 것 같은 형국이었다.

그 이남박 안에서 언저리로 올라가 피신하라는 말이었다.

벌써부터 전전긍긍하고 있는 주민들이다.

이제 막 전투가 벌어질 것을 알고 주민들은 앞을 다투어 남부여대, 한 사람도 남김없이 주변의 산으로 그것도 등성이를 향해 하얗게 올라갔다. 소란스러웠다. 소란 중에서도 홍범도는 부관을 시켜 분지의 능선 요소요소에 군인을 배치하도록 지시했다.

배치 받은 장소로 올라가기 전이었다.

홍범도는 전 장병을 교정에 정렬시키고 단에 올랐다.

"내가 쏘기 전엔 한 방도 쏴서는 안 돼. 군인은 총알을 아껴야 하는 거야……"

"총알 없는 총은 몽둥이만도 못한 거다……"

휘하 장병들의 귀에 못이 박히도록 들려주던 주의와 훈시를 이번에도 되풀이했다.

"……나는 저 제일 높은 등성이에 있겠다."

그러면서 그 봉우리를 손가락으로 가리켰다.

그리고는,

"내가 탕, 탕 두 방을 연거푸 쏠 것이다. 그러면 적이 총소리 나는 쪽에 주의를 기울일 거야. 그때 따르르 일제 사격을 하란 말야."

그랬으나 다시 한 번 강조했다.

"그랬다고 함부로 쏴서는 안 돼. 장님 지팡이 휘두르듯 해서는 안 돼. 겨냥을 잘 해서 총알 한 개가 적 하날 거꾸러뜨리도록 겨냥을 바로 해야 된다 말이야. 총알이 없는 총은 장작개비만도 못한 거야."

"예."

"알았습니다."

"그럼 각 분대 앞으로 갓."

배치를 받은 대로 군인들도 산으로 올라갔다.

―이렇게 봉오골은 텅 빈 마을이 되었고 장병들은 요소요소의 산마루터기에서 총부리를 빈 마을 텅 빈 학교 마당을 향해 겨누고 있었다.

4

"이번에는 장작가비만 못해네."
"그럴런지 모르지."
"겨울 눈 속에서 싸울 때를 생각해 봐. 장작가비는 패서 불이라도 피울 수 있지마는 총이야 어디……."
"그뿐인가? 손싼 장작가비야 단병 접전할 때 재빠르게 휘둘러 왜놈 새끼들 대구리를 바사 놀 수 있지마는……."
배치가 되었고 그리고 총구멍을 학교 운동장을 향해 겨누고 있었으나, 일군은 얼른 나타나지 않았다. 긴장과 조바심이 풀린 군인들이 농담을 주고받고 있었다. 여긴 김경문이 분대장인 분대였다.
한 분대는 임시 다섯으로 편성했다. 다섯이 적당한 간격으로 나란히 능선에 배를 붙이고 엎드려 있었다.
농담을 하는 건 세 번째와 네 번째의 군인이었다.
"총으로는 그렇게 못 하나……."
"할 수도 있지마는 총은 길고 무겁고……."
하는데,
"전령."
입대한 지 얼마 되지 않은 어린 병정이 살살 기면서 뛰어와 분대장에게 전했다.
"적이 나타났다. 봉오골 학교를 향해 오는 듯하다. 병력 백 명 가량. 모두 장총을 메고 있다. 사령관이 발포하기 전에 발포해선 안 된다. 그걸 명심할 것. 이상."

"알았다."

김경문이 땅에 배를 붙인 채 대답했다.

전령병은 긴장된 얼굴에 반짝거리는 눈으로 김경문을 보면서 경례를 붙이고 날렵하게 기어 다른 분대로 가버렸다.

"이젠 제법이네."

재빠르게 기어가는 전령병을 보면서 김경문은 회심의 웃음을 웃었다. 이정수였다. 여기서의 이름은 다람쥐다. 한 달 전에 입대했다.

15만 원 사건이 원인이었다. 사건의 진상을 안 것은 윤준희들 세 동지가 체포된 뒤의 일이었다.

하루는 밤중에 주인태가 변장한 모습으로 정수방에 나타났다. 여느 때보다도 풀이 죽은 스승을 보고 정수는 물었다.

"무슨 걱정이 있습니까?"

"응, 윤 동지가 잡혔다네."

"윤준희 선생 말입니까?"

"그래 동량리 어구 거사의……."

동량리 어구의 거사 소문은 정수도 들어 알고 있었다. 그 때문에 북간도 일대에 회오리친 검거 선풍으로 무수한 농민이 고초를 겪었고 명동, 와룡동 같은 데에는 중·일 군경 합동 대부대의 출동으로 온 동네가 짙은 공포 분위기에 잠겼었다는 이야기도 듣고 있었다. 심한 검문검색으로 혼춘과 노령 사이에는 일시 교통이 두절상태였다는 소식도…….

그러나 그 거사의 장본인이 윤준희였음은 지금 처음 듣는 사실이었다.

머리의 피가 쫙 한꺼번에 발밑으로 내리쏠리는 걸 깨달았다.

처음 거사의 소식을 들었을 땐 심장이 꿈틀하면서 왈칵 피가 머리로 거슬러 올랐었다.

'잘했다.'

주먹이 불끈 쥐어지는 흥분, 영웅심의 자극이었을 거다. 그러나 이번엔 피가 발밑으로 내리쏠린다.

아찔했다. 아찔한 머릿속에 윤준희의 온후한 얼굴이 떠오르고 있었다. 그 영웅적인 거사를 주변의 사람, 제 방에 드나들던 사람이 했다는 사실에서 오는 충격이었다. 이 방에서 그 일을 모의했을지도 모른다.

"공부 잘 하오"

올 때마다 나지막하면서 무겁게 뇌던 목소리도 들리는 듯했다. 그 윤준희가 잡혔다니……. 윤준희의 얼굴이 머릿속에서 사라지지 않은 대로 정수의 입에서 말이 나갔다.

"윤 선생이?"

"그렇다. 임국정, 한상호 등 다섯 동지가 거사를 했다. 노령꺼진 무사히 갔다. 그러나 해삼위에서 밀정의 밀고로……."

주인태의 간단한 설명이 또 정수의 가슴을 팍팍 찔렀다.

"이 방에 모인 일도 있었겠군요"

"그랬겠지."

정수의 머릿속엔 영사관이 불붙던 이튿날, 윤준희가 데리고 왔던 세 사람의 모습이 선히 떠올랐다. 윤준희보다 두세 살쯤 나이 아래인 순박한 인상 속에 날렵한 것을 풍겨 주던……

'어느 분이 임국정 선생이고 어느 분이 한상호 선생일까?'

애석하고 억울한 심정과 더불어 호기심도 치솟았다. 대뜸 선생이라고 입 속에서 불러지면서, 그때 더 자세히 그 사람들의 얼굴을 보아 두지 않았던 것이 후회되는 마음이기도 했다.

그러나 가장 정수에게 충격을 준 것은 현장에서 헌병을 박차 거꾸러 뜨리고 도피하는 데 성공한 최봉설의 행동이었다. 세 동지가 체포되었다는 사실이 울화통이 터질 일인 데 반해, 최 동지의 탈주는 통쾌하기 이를 데 없었다.

'달밤이라고 했지?'

그러자, 정수의 머릿속에는 흰 달빛에 출렁대는 아무즈만(灣)의 검푸른 물결이 전개되고 있었다. 그 아무즈만이 굽어보이는 언덕, 높은 지대의 양옥 2층방 창문에서 뛰어내려 그 집을 에워싼 일본 군대에 뒤를 쫓기며 퍼붓는 사격을 받아 가면서 집과 집 사이, 골목과 골목 사이를 요리 피하고 조리 피하고 엎드리기도 하고, 기기도 뛰기도 하고, 그러면서 적의 포위망을 벗어나고 있는 침착하고 민첩한 한 청년의 행동이 환히 보이는 듯했다.

"선생님!"

발에 쏠려 내려갔던 피가 다시 위로 오르면서 정수는 주인태 앞에 다가앉았다. 눈알이 번쩍거렸다.

"왜 그러지?"

"면목이 없습니다."

"면목?"

"왕청에 가도록 해주십시오."

주인태가 웃었다. 전에도, 선교사를 믿을 수 없다, 병원에서 나가겠다고 푸념했던 일이 생각났기 때문이었다.

북간도 25

"그 마음 알 수 있어. 그러나 정수는 여기서 그냥 공부하는 게 좋아."

"어떻게 편안하게 공부만 하고 있을 수 있겠습니까?"

"그 뜻도 알 수 있어. 그러나 2천만이 하나도 남김없이 총을 멜 순 없어. 그럴 총도 없고……. 어느 나라든지 그래. 어떤 독립운동도 그래. 그 국민 그 민족 전체가 총을 메고 적과 싸운 건 아니야. 군인은 총을 메고 일선에서 싸우고 학생은 뒤에서 열심히 공부하고 학자는 연구하고……. 그게 애국이야. 독립 후를 위해서야……."

"그건 알겠습니다마는."

"그런데 왜?"

주인태 선생 앞에선 고집을 쓸 수 없는 게 정수의 약점이었다. 얼른 대답을 못 하고 있으려니,

"정수가 여기서 하는 일이 결코 윤 동지들이 한 일만 못하지 않다는 걸 알아야 해. 알았어?"

그리고 주인태는 정수의 정수리를 넓적한 손을 쭉 펴 툭 하고 감싸듯이 쳤다.

그러나 열등감은 그 후 쭉 정수를 괴롭히고 있었다.

학교에 갔다 와서는 병원 약제실에서 약제사를 거들어 주는 판에 박은 듯한 나날이 단조하지 않을 수 없었다.

거기에 주인태가 가끔 들를 뿐 방을 빌리는 일도 뜸하게 됐다. 자주 쓰면 들킬 위험이 있어서만이 아니었다. 무기가 대량으로 입수되고 군력(軍力)이 수천으로 늘어나고 두만강을 넘어서의 원정(遠征)이 거듭 성과를 거둠에 따라 용정, 영국덕이의 병원방을 이용하는 구차한 방편이 아니라도 얼마든지 회합을 가질 장소가 있었기 때문일 것이었다.

어떻든 정수는 생활에 하품이 나지 않을 수 없었다. 그럴 무렵의 일이었다.

최봉설이 국내에 잠입, 동지를 규합해 청진 경찰서의 구류감에 갇혀 있는 윤준희들 세 사람을 구출하려다가 실패하고 간도로 되돌아왔다는 소식이 전해 왔다.

해삼위 여관에서의 탈주 사건으로 존경심을 가지고 있던 최봉설이다.

주인태를 찾아 왕청현 일랑거위[依蘭溝]로 찾아갔다.

"어떻게?"

주인태는 깜짝 놀랐다. 그러나 정수의 뜻을 알고 있는 주인태다. 정수를 홍범도 장군에게 소개해 주었다.

주인태의 소개라고 해서만이 아닐 것이다. 총명하고 민첩한 정수를 홍범도는 무척 사랑했다.

출진할 때마다 데리고 다녔다. 옆에 두고 전령병을 삼았다.

날렵하게 전령임무를 다하는 모양이다. 다람쥐 같다고 모두들 이 소년병을 '다람쥐'라고 불렀다. 거의 정수의 본명을 모르고 있었다. 정수는 다람쥐로 통하게 된 것을 마다하지 않았다. 주인태가 될 수 있으면 본명은 감추라고 했기 때문이었다.

김경문이와 친하게 된 것도 주인태의 관련이었다. 더욱 가까워진 것은 김경문이와 임국정, 최봉설이 같은 와룡동 출신이란 데 정수가 끌린 탓일 거다. 백 명이 넘는 누런 옷을 입은 일본 군경이 총 끝에 대검을 꽂아 꼬나들고 골짜기를 쫓아 봉오골 어구에 나타났다.

이남박의 남쪽 언저리, 청룡과 백호 두 산줄기가 밋밋하게 겹친 사이의 좁은 골짜기를 벗어나 들어오는 거다.

처음 나타난 것은 척후대인가? 4~5명이 조심스럽게 좌우를 살피고 있었다.

밀정의 제공으로 현지의 지형을 미리 알고 있는 것인가? 이미 작성한 군사 지도에 의거한 것인가? 스스럼도 없이 진군하고 있었다. 병력과 무장에 오히려 자신만만하고 있는지도 모를 일이었다. 분지 안에 들어선 일군은 산개해 조심스럽게 동네로 향하고 있었다.

그러나 동네가 조용한 데 놀라는 모양이었다.

지휘자의 무슨 명령이 있는 모양으로 몇 명씩 짝을 지어 뿔뿔이 헤어진다. 각각 길옆의 집부터 수색하기 시작했다.

총을 꼬나들고 문을 열어젖히는 모양이 산 위에서 보인다. 그러나 안은 텅 비어 있는 것이다. 수상한 모양이었다.

길옆 집만이 아니었다. 뒤켠의 집에도 들이닥쳐 총을 꼬나들고 문을 열어젖히고 있었다. 허덕간을 뒤지는 자. 빈방에 들이대고 총질하는 자. 총소리가 산 위에도 들려 왔으나 홍범도의 탕 탕이 없으므로 군인들은 이를 악문 채 숨을 죽이고 동네에서 벌어지고 있는 광경을 내려다 구경하고만 있었다.

처음엔 조심스럽게 행동하던 일군들이었다. 그러나 차츰 난폭해지고 있었다.

미처 데리고 올라가지 못한 개 몇 마리가 있었다. 집뒤짐을 하는 낯선 일군을 향해 개들이 짖어 대는 모양이었다.

사람은 한 명도 없는데 짖어 대는 개.

화가 치민 모양이었다.

"곤, 칙쇼"
했을 것이었다. 그리고 개를 향해 총을 쏜 모양이었다.

개가 엉덩이 쪽을 맞은 것인가? 다른 덴지도 모른다. 교정 한가운데서 뱅글뱅글 돌다가 쓰러지는 것이 내려다보였다. 깨갱, 깨갱, 몹시 비명을 지르고 있을 것이었다.

그러나 제일 높은 봉우리, 가장 또렷이 교정과 더불어 동네가 내려다보이는 홍범도의 진지 바로 그 옆에 있는 이정수에게는 개가 총을 맞고 쓰러지는 광경은 보였으나 비명은 들리지 않았다. 들리지 않는 비명을 지르고 뱅글뱅글 돌면서 죽는 개가 정수는 가엾어 견딜 수 없었다.

"쌔끼들."
정수는 이를 갈았다. 당장 쏘고 싶었다. 그러나 홍범도는 아직도 '탕, 탕'을 신호하지 않았다.

호각을 분 것인가? 다른 신호를 했는지 모른다.

일군들은 뿔뿔이 교실로 몰려 들어갔다. 그 안을 수색하는 것인가? 휴식을 취하는 것인가?

그러나 이내 몰려 나왔다.

교정에 대오를 정돈해 서고 있었다.

홍범도가 얼마 전에 올라서 주민과 군인에게 주의와 훈시를 하던 그 단에 올라서는 자가 있었다. 지휘자인 모양이었다.

작전명령을 내리는 것인가? 훈시를 하는 것인가? 간단하게 말하는 듯했다. 이내 허리에 찬 칼집에서 칼을 뽑아 치켜들었기 때문이었다.

그 순간이었다.

'탕, 탕.'

기다렸던 홍범도의 신호였다.

그 소리와 함께 단 위의 지휘자가 칼을 뽑아 든 채 땅에 내리뒹굴었다.

제 손으로 높이 던진 빈 병을 쏘아 명중시키는 홍범도의 사격 솜씨의 일단이었다.

일군이 놀랄 겨를도 없었다. 총소리 난 높은 봉우리에 주의를 돌릴 겨를은 더욱 없었다. 응전이 다 무엇인가.

이남박 가장자리에서 교정을 향해 소나기처럼 탄환이 퍼부어졌기 때문이었다.

그 자리에서 쓰러지기도 하고 그나마도 산을 향해 총을 겨누려다가 쓰러지기도 했다.

단에 몸을 가리는 것으로 목숨을 건지려다가 죽기도 하고 빈집으로 기어 들어가다가 최후의 한 방을 맞기도 하고…….

홍범도의 평소의 훈시도 그랬으나, 산에 오르기 전부터 미리 당부했던 탓일 게다.

거의 맹사(盲射)라고는 없었다. 정확한 사격.

정수도 홍범도 옆에서 배를 능선 풀섶에 착 붙이고 총을 쏘고 있었다. 오래 훈련을 받지 못한 정수였다. 그리고 전령병이다.

그러나 총 한 자루는 차례지고 있었다. 그동안 몇 번 출진했으나 홍범도는 정수로 하여금 총 쏘는 걸 삼가도록 해왔었다. 서투른 솜씨다. 헛방이 있을 것을 두려워했음에 틀림이 없다.

그것보다도 전령병인 정수마저 총을 쏘지 않아서는 안 될 격전이 정수가 입대한 후엔 별로 없었던 탓인지 모를 일이었다.

그러나 이번에는 정수의 사격을 말리지 않았다. 도리어,

"잘 겨냥해서……."

주의와 격려를 아끼지 않았다.

그러므로 정수가 전투에서 적을 향해 실탄 사격을 해보는 것은 이번이 난생 처음이었다.

긴장해지지 않을 수 없었다. 흥분해지기도 했다.

그러나 긴장과 흥분 속에서도 정수는 헛방이어서는 안 된다고 스스로 다짐했다. 앞에서 홍 장군이 보고 있다고 생각하니 더욱 안간힘이 쓰여졌다.

"총알이 없는 총은 장작개비만 못한 거야."

이 말이 귀에 쟁쟁하면서 방아쇠에 건 손가락이 떨림을 깨달았다. 그러나 그건 맹사를 해서는 안 된다는 조심 때문만은 아니었다. 난생 처음 사람을 죽이기 위해 총을 겨누고 방아쇠에 손가락을 걸고 있다는 사실에 저도 모르게 떨려지는 것인지도 모를 일이었다.

지금이 전투 중이다. 적군과 대결하고 있다. 적을 죽이지 않으면 내가 죽는다. 승리는 민족의 영광이요, 조국 광복의 날을 앞당기는 거룩한 일이 된다. 이런 의식과 뜻과는 달리, 생리적으로 오는 것일 게다. 그러나 생리적인 것은 그렇게 약한 것만은 아닌 듯 잔인한 마음도 생겼다.

'죽여 쓰러뜨려야 된다.'

그러자 사람이던 대상이 사람으로 보이지 않았다. 무슨 짐승, 호랑이나 사자 같은 그런 맹수도 아니었다. 하잘것없는 동물, 족제비나 다람쥐쯤으로밖에 여겨지지 않았다. 방아쇠가 당겨졌다. 단 옆에서 살살 기어 교사 옆의 교장 댁인가 그 집 허덕간으로 몸을 피하려던 자가 나뒹굴었

다. 정수가 겨냥했던 건 바로 그 사람이었다.

"맞았다!"

통쾌한 기분, 펄펄 뛸 것 같았다. 저절로 소리가 질러졌다.

"맞혔다!"

홍범도의 구릿빛 얼굴에 만족의 웃음이 퍼졌다. 기특하다는 생각에서였을 것이었다.

"어느 잔가?"

"교장 사택 옆에 뒹굴고 있는 잡니다."

"으응, 제법이로군."

홍범도는 망원경으로 그쪽을 보았다. 20여 분의 일제 사격으로 전투는 끝나고 말았다.

또또또떼, 디떼또…….

홍범도 진지에서 곡호(나팔) 소리가 울려 퍼졌다.

"와아."

나팔 소리를 신호로 이남박 가장자리에서 군인들이 일제히 고함을 지르면서 동네로 내려왔다.

군인들은 교정에 모였다. 피바다 속에 낭자하게 흩어진 적의 시체.

홍범도는 주민들이 내려오기 전에 시체를 처리하라고 명령했다.

정수는 동료 군인들과 함께 제가 쏘아 넘어뜨린 적의 시체 옆으로 갔다.

어떤 자일까. 난생 처음으로 죽인 사람. 첫 사격에서 명중시킨 적의 얼굴이 어떤 것일까? 그리고 어디를 맞혔을까?

정수는 침착하게 시체를 뒤져 보았다. 배와 가슴 언저리인 듯 그 부근에서 흘린 피가 엉켜져 있었다.

웃음이 입가에 떠돌았다. 만족한 웃음? 침통한 웃음? 정수는 얼굴을 보았다. 눈을 감지 못한 갸름한 얼굴. 턱의 뼈나 전체의 윤곽이 일본사람처럼 각박하지 않다.

'조선사람?'

그랬다. 군복 윗도리 왼쪽 포켓에 비끔히 드러난 수첩이 있었다. 그걸 뽑아 보았다. 그 수첩 갈피에서 사진 한 장이 떨어졌다. 집어 보았다. 조선옷을 입은 젊은 부인이 젖먹이 아기를 안고 순사 정복을 한 남편과 나란히 앉아 찍은 사진이었다. 귀염성 있는 사내아이였다.

"으음!"

5

    동포여 나아가자 용감하게
    십 년의 원한을 씻는 날이 바로 오늘이다.
    끓는 가슴, 불타는 피를 흘릴 때
    이천만이 일편단심 죽고 또 산다.

홍범도 부대는 후에 온 최명록 부대와 더불어 봉오동에 얼마 동안 주둔하고 있었다.

일군의 복수전에 대비하기 위해서 뿐이 아니었다.

봉오동을 근거로, 부근에 출동하고 있는 일군 토벌대를 섬멸하기 위해서였다.

그리고 그 성과를 얼마큼 올릴 무렵이었다. 봉오골에서의 일본군 전멸 소식을 들은 영사관 경찰부는 발끈 뒤집혔다. 치안의 책임은 현지 총영사관 경찰부에 있기 때문이었다.

이제는 시가지에 들어와 군자금을 모집하는 독립군을 체포하거나 연락자를 색출해 체포하는 따위의 미온적인 방법으로 대처할 시기는 지났다.

무인지경으로 발호하는 독립군을 포살하는 한편, 그 근거지를 습격 괴멸하지 않아서는 안 된다고 방침을 세운 모양이었다.

경관대를 중무장시켰다. 그리고 편대로 독립군 출몰지대에 출동케 하는 작전을 초조하게 실천에 옮기고 있었다.

초조한 것은 곡초가 우거지고 있기 때문이었다. 키를 넘는 보리, 수수, 조, 피, 귀밀, 옥수수. 벼농사가 아직 덜한 평야에는 키 크고 우거지기 잘 하는 밭곡식이 대부분이었다. 더구나 그런 곡식은 산에 연접한 높은 지대의 비옥한 땅에서 마음 놓고 무성해 가고 있는 것이다.

지금은 6월 중순에 접어들고 있는 계절이다. 가장 키 큰 수수도 아직은 정강이를 가릴 이상으로는 자라고 있지 않다. 이 시기를 놓치면 시월 추수할 때까지 3~4개월은 손을 쓸 수 없게 되기 때문이었다.

이 정보에 접한 홍범도는 명월구의 본거를 오래 비워둘 수 없다고 생각했다. 없는 사이에 쳐들어와 병영(兵營)이며 훈련장을 파괴하는 일이 있어서는 안 된다. 더구나 명월구 본영에는 아직 서투른 훈련병들만 남아 있으므로 마음이 놓이지 않았다.

홍범도는 우선 명월구로 돌아가기로 했다. 그리고 지금 명월구를 향해 개선 진군을 하고 있는 중이었다.

명월구 본영을 수비하기 위한 목적이 있다고는 하나, 봉오동 전투에서 승리를 거둔 장병들이었다. 개선 기분에 우쭐하지 않을 수 없었다.

동포여 독립 만세 독립 만만세
외치자 독립 만세 독립 만만만세
단군 자손 억만대의 자유를 위해
이천만이 목소리를 합해 독립 만만세.

봉오동에서 명월구로 가려면 노투거우를 지나야 한다. 그 노투거우가 바라보이는 고개에 올라선 것은 점심시간 무렵이었다.

홍범도는 군대를 고개 마루턱의 참나무 그늘 밑에서 쉬게 하면서 점심을 먹도록 했다.

그리고 자신은 망원경으로 사면을 둘러보았다.

"앗."

쌍안경에 들어온 것이 있었다. 깜장 옷의 무장 일경이 한창 패어 있는 보리를 헤치면서 고개를 향해 올라오는 모습이었다.

"놈들, 어리석게……"

홍범도는 웃었다.

"보리밭에 숨어 있을 독립군이 어디메 있어?"

그리고 식사 중인 전 장병을 향해 알려 주었다.

"적이 나타났다."

"옛?"

"보리밭에서 낮잠을 자는 독립군을 잡으려고 하는 모양이다."

"옛?"

장병들이 내려다보니 멀리 육안으로도 어슴푸레 보리밭을 뒤지는 광경을 알아차릴 수 있었다.

"복병."

능선 저쪽으로 기어 요소요소에 배치, 복병하는 데 많은 시간이 걸리지 않았다. 일경은 고갯마루에서의 전투태세를 모르고 천천히 보리밭만 헤치면서 고개를 향해 접근하고 있었다. 고개를 넘어 남쪽으로 가기로 되어 있는 모양이었다.

사정거리에 들어올 때까지 홍범도는 신호의 탕, 탕을 쏘지 않았다. 역시 숨죽은 듯이 고요한 6월의 하늘 밑의 참나무 숲이 무성한 영마루였다. 아무 이상도 고개로 올라오는 일경들은 느끼지 못했다.

고개를 넘으려면 한 가닥 길. 그 길에 일경들이 접어들 때였다.

'탕 탕.'

홍범도의 신호 발사로 일제 사격의 불이 뿜어졌다.

일경으로서는 뜻밖의 피격에 손을 쓸 틈이 없었다.

팍, 팍, 쓰러지는 일경.

목숨은 붙어 있으나 총을 맞고 뒹구는 자들.

맞지 않은 자들은 전사자의 시체와 부상자를 팽개치고 창황 중에 도망하고 말았다.

일경찰부의 쯔보이(坪井) 형사부장이 인솔한 기동경찰대였던 것이다.

—홍범도의 노투거우령의 전투다.

이 전투에서도 정수는 몇 방의 탄환을 발사했다.

그러나 봉오동 전투 때 모양 자신의 총탄이 적의 가슴이나 배를 꿰뚫었는지는 알 수 없었다.

봉오골 때와는 달리, 익숙해졌을 터임에도 그때보다 방아쇠를 당기는 손가락이 더 떨렸기 때문이었다.

가을의 연극

1

팔월 한가위도 지난 지 오래고 지금은 가을이 무르익어 가고 있었다. 조석으로 쌀쌀한 날씨가 계속되어 벌써 긴 겨울에 접어들고 있는 듯했다. 추수가 거의 끝나간 들에는 여름철 우거졌던 곡초가 단으로 묶여 차곡차곡 노적가리로 쌓여지고 있었다.

사람들의 입성도 겨울을 향해 솜을 뿌려 입지 않아서는 안 되는 계절―.

여름철엔, 파릴 날렸던 창윤이네 국수 영업도 이제 바야흐로 경기를 회복하고 있었다.

그러나 여름철 손님이 없는 틈을 타 아이들을 데리고 친정으로 갔던 창덕이 처가 아직도 돌아오지 않고 있었다.

기다리면서 창윤이가 아내 쌍가매와 더불어 국수를 누르기도 하고 앞자리 노릇도 하며 심심찮게 찾아드는 손님을 접대하고 있는 어느 날 저녁 무렵이었다.

"편안했습니까?"

국수를 말다가 보니 창덕이 처에게 추근추근 하던 단골손님이었다. 부지런히 패를 지어 와서는 국수를 먹으면서 젊은 여자 앞자리 창덕이 처에게 말을 걸고 하던 건달 중의 한 젊은이. 친정어머니의 초상을 치르고 오던 마차 위에서는 이상한 말로 유혹했던 사람이었다.

그날 저녁에 집에 들어선 창덕이 처를 놀라게 했던 일, 새까맣게 탄 남편이 시형과 마주 앉아 이야기하고 있지 않았던가? 그 젊은 건달, 그 후에는 창덕이 처도 추근거리는 말에 대꾸를 해주지 않았고, 창윤이도 친절하게 맞아 주기는커녕 때로는 핀잔을 주기도 했던 사람이었다.

그래도 노염 내는 일도 없이 짓궂게 국수 먹으러 다녔고 여전히 창덕이 처를 유혹하려고 했었다.

밉상이었다. 더욱이 창덕이 처에게 있어서는……

그러나 외상을 지는 일이라곤 거의 없었다. 그뿐이 아니었다. 패거리들을 몰고 와서는 좋이 팔아 주기 때문에 용정 냉면옥에서는 괄시할 수 없는 단골이었다.

가끔 어디론가 혼춘을 떠나는 일이 있었다. 그것도 짧으면 열흘, 길면 두세 달 동안, 한번 떠났다면 시원하다 싶으나, 오래 돌아오지 않으면 아쉽고 기다려지곤 했다.

지난겨울에도 어딘가 두 달이나 있다가 돌아온 일이 있었다. 자신은 어디 갔다고 밝히지 않았으나, 노령에 갔었을 거라고 추측해 보기도 했다.

마침 그 무렵은 15만 원 사건의 윤준희들이 해삼위에서 체포되던 때였다.

밀정 엄인섭의 끄나풀이 아닌가고 사건의 내용이 알려진 뒤에 창윤이가 의심해 본 일도 있었다.

그러나 다시 나타난 본인은 아무 내색도 없었다. 그저 국숫집에 와서는 여전히 젊은 여자 앞자리에게 이젠 노골적인 농담을 건넬 따름이다.

"아주망이를 보재기를 씌워 업어 가야겠당이."

그러던 그가 여름이 물러갈 무렵에 또 없어졌다. 그랬다가 두어 달 만에 나타난 것이다.

"어디메 갔다 왔소?"

"왕청에."

이번엔 서슴지 않고 대답했다.

'왕청에?'

창윤이는 뜨끔했다. 왕청이란 독립군 근거지의 통칭이기 때문이었다.

국수를 말아 들여다 주었을 땐 먼저 들어왔던 손님 둘이 나가 버리고, 그 혼자 앉아 있었다.

국수 사발을 상 위에 놓는 창윤이더러,

"동생이 잘 있습디다."

느닷없이 말했다.

"동생이랑이?"

철렁했으나, 아닌 체했다. 왕청에 다녀왔기로 독립운동자로서가 아닐 것임이 빤하기 때문이었다.

"앞자리 아주망이 어디 갔소? 아주망이 주인말입메다."

"옛."

옳구나, 창윤이는 생각했다. 엄인섭의 끄나풀이.

"문안으 합두구만."

창윤이는 얼른 앞자리의 자리에 와버렸다. 정수의 이야기가 나오면 어쩌랴 싶었기 때문이었다.

정수가 홍범도 장군 옆으로 간 것을 안 것은 그 애가 용정을 떠난 지 한 달 뒤의 일이었다.

자신이 열 살만 젊었어도 뛰어갔을 일이었다. 열 살 젊지 않은 지금에도 몸만 그런대로 날렵하다면 으레 그랬을 거다. 그러나 국수 장사를 한 뒤부터 나기 시작하던 몸이 2년 지난 지금엔 뚱보라 불리게끔 뚱뚱해지고 있었다. 할아버지 한복 영감이 돌아가기 몇 해 전부터 그랬듯이―.

몸이 나는 것만이 아니었다. 머리가 띵하고 숨이 찼다. 손발 움직이는 게 또 무척 힘들었다.

동네 어른들과의 격론 끝에 쓰러졌던 할아버지. 청국 아이 모습으로 변한 손자의 머리를 손수 가위로 싹둑 자르다가 시드득 모로 의식을 잃고 쓰러진 게 최후였던 할아버지의 일이 생각나곤 했다.

무리를 하고 싶어도 그럴 수가 없었다.

작년 3월, 용정에서의 독립선언식에 참석지 못한 것도 그 무렵 몸이 무척 좋지 못했던 탓이었다.

사포대 때 목총으로 훈련을 받던 용정에서 전 간도의 조선사람이 모여 독립을 선언하고 만세를 부른다. 생각만 해도 가슴이 뛰는 일이었으나, 몸이 허락지 않아 참석지 못했던 게 유한으로 남아 있다.

그런 창윤인지라 아들이 독립군이 되었다는 사실을 알았을 때 충격이 크지 않을 수 없었다.

사내자식으로 잘한 일이다.

마치 창윤이 자신을 대신했다는 생각이기도 했다.

그러나 창윤이의 머리는 복잡하지 않을 수 없었다.

정수만은 조용히 공부를 시키고 싶었다. 할아버지가 원했던 일을 정수의 대(代)에서 이루어 드리자는 생각이었다. 고되기는 할 것이다. 그러나 병원 일을 보면서의 공부는 환경도 좋다고 생각돼 크게 기대를 걸었었다.

그 기대가 무너지게 된 것이 못내 타격이었다. 더구나 자신의 건강이 까닭 없이 걱정됐다. 할아버지의 최후가 끈덕지게 회상되면서…….

"삼춘이 가 있는데 한집안에서 둘씩이나 갈 거는 무시깅가?"

아버지와 의논하고 간 것은 아니었다. 그러나 만약 의논했다고 하자. 그리고 창윤이가 이런 의견을 말했기로 고스란히 들었을 정수가 아니었을 것이다. 젊은이들 사이에 열병처럼 퍼지고 있는 독립군에의 정열에 사로잡혀 있기 때문이다. 이렇게 홍범도 앞에서 실전에도 참가하고 있는 정수였으나, 혼춘에서는 아무도, 창윤이의 아들이 독립군이 된 것을 모르고 있었다. 용정에서 공부를 하고 있으려니만 생각할 따름.

그랬는데 밀정의 끄나풀이라 짐작되는 사람이 왕청에 다녀왔다고 한다. 창덕이가 안부를 전하라고 하더라 하고

정수의 일을 낌새 챈 것은 아닌가? 그러나 그런 것 같지 않았다.

창윤이가 옆을 피해 앞자리의 자리에 온 뒤 그는 그 이상 말이 없이 국수만 맛있게 먹고 나가 버렸다.

우선 마음이 놓였다. 그러나 조심스럽지 않을 수 없었다.

경계해야 된다. 정수와 창덕이 때문만이 아니었다. 창윤이 자신도 혼춘 일대에서 군자금모집에 은근히 활동하고 있기 때문이었다.

그게 건강이 좋지 못한 창윤이로서 고작 할 수 있는 일이었다.

전 같으면 밀정 앞잡이로, 건달 하나쯤 무서울 게 조금도 없었다.

얼되놈 최삼봉이에게 정면으로 욕설을 퍼붓고, 동복산 송덕비각에 불을 지른 담보 큰일을 해치웠던 창윤이었다. 기와골에서 살 때만 해도 무서운 것이 없었다. 그렇던 창윤이가 지금은 건달 청년의 한마디에 마음이 어두워지고 있는 것이다. 건강 때문이기도 하나 나이를 먹어 가는 탓일 것이었다.

그렇더라도 오늘은 유난히 불안했다. 이상한 일이었다.

밤에도 그대로 불안한 마음이었다.

불안한 마음으로, 늦어 잠이 들었다. 그리고 그날 밤이었다. 혼춘성 내에 마적단의 습격이 있은 것은……

2

그날 밤이라고 하나 정확하게는 이튿날 새벽 다섯 시 무렵이었다. 1920년 10월 2일의ㅡ.

마적단은 혼춘성 밖에 구식 야포 3문을 포진하고 성안을 향해 불을 뿜으면서 성문을 부수고 쳐들어왔다.

수령은 장강호(張江好)였다. 장강호에게 인솔된 4백여 명이 우선 쳐들어왔다.

혼춘성을 방위하는 중국군 사령부에서는 망지소조했다. 휘하의 총병력을 동원했으나 단잠 속에서 당하는 일이었다.

물밀듯이 하는 마적단을 대항해 낼 수 없었다. 급한 나머지 일본 경찰에 구원을 청했다.

혼춘성 안에는 50여 명의 일본 경찰대가 주둔하고 있었다.

영사관 경찰서원과 독립군 섬멸을 목적으로 하는 결사대 가다야마(片山) 경부 휘하의 총독부 파견 경찰대에 함북도 파견 경찰대원, 그 밖에도 재향군인이었다.

일본 경찰대는 처음에는 수수방관하는 태도를 취하고 있었다.

그러나 중국 측의 간청에 못 이기는 척, 무장을 갖추고 수비와 전투에 참가했다.

"서문을 맡겠다."

마적들은 서문으로부터 들어오고 있기 때문이다.

"좋다."

중국 측의 승낙에 일본 병력은 서문에 포진했다.

처음의 4백 명의 뒤를 이어 2백여 명의 마적단이 서문으로 쳐들어오고 있었다. 그러나 서문의 수비를 자진해 맡은 일본 경찰들은 별로 싸우는 것 같지 않고 마적단에게 길을 틔워 주고 있었다.

후속 부대가 더욱 기세를 올리고 성안으로 들어오고 있었다.

그럴밖에 없는 일이었다. 이번 마적의 혼춘 습격은 연극이기 때문이다.

마적의 수령 장강호와 일본 군경 수뇌자와 짜고 한 연극이었다.

독립군의 무장 강화와 두만강을 넘어서의 공격에 일본 군경은 애를 먹고 있었다. 더구나 지난 3월의 온성군하 연안 지방의 끈덕진 공격에 일본군은 정규군까지 동원해 6월 초순에는 월강 '토벌작전'을 펴 보기도 했다.

그러나 홍범도의 봉오동 전투를 비롯해 도처에서 전멸의 패전을 거듭하지 않을 수 없었다. 일본 군경으로서는 이가 갈리는 일이었다.

대부대를 동원해 독립군을 씨알도 없이 잡아 없애지 않고는 견딜 수 없는 적개심이 불붙듯 했다.

그러나 중국 정부가 엄존하는 이상, 함부로 덤벼 국제 문제를 일으키는 것은 불리하지 않을 수도 없었다.

연안 일대에 슬그머니 월경(越境)해 독립군을 색출하는 작전을 벌이면서 한편으로는 정치적인 교섭을 중국 측에 들이대고 있었다.

연길 도윤에게 중일 합작으로 무장 부정선인단을 검거 박멸하자. 그 무리들은 군자금을 모집한다는 구실로 양민의 금품을 약탈하고, 밀정이나 매국노라는 명목으로 양민의 생명을 빼앗는다.

금품의 약탈과 인명의 살해.

그것은 곧 비적(匪賊)의 행동이다.

중·일 군경의 합력으로 비적을 소탕해, 북간도의 치안을 하루속히 회복해야 된다.

일본 영사관 측의 주장에 연길 도윤은 머리를 가로저었다. 안 된다. 상사로부터 훈령이 없는 한 일본 측과의 공동수사는 있을 수 없다.

그러면서 은근히 독립군을 두둔해 주었다.

북간도에 있어서의 독립군의 수사와 체포에 전면적인 합법성을 띠려고 갖은 구실을 마련하고 있는 일본 측은, 현지의 총영사와 도윤과의 사이의 교섭으로는 끝장이 나지 않을 것을 알았다.

4월 하순경에는 마침 동삼성(東三省)의 성장회의가 봉천(奉天)에서 열리고 있었다.

 총독부와 군사령부의 대표자와 봉천 총영사 등이 중국 측의 봉천 순열사(巡閱使) 장작림(張作霖)과 길림 포독군(鮑督軍)을 만나 중·일 합동수사 건을 협의했다.

 그러나 역시 중국 측에서는 응하지 않았다. 그리고 8월 중순경에 중국 측 단독으로 독립군 토벌대를 조직 활동할 것을 통고해 왔다.

 "이것 봐라."

 의외의 강경한 장작림의 태도에 일본 측은 어리둥절했으나, 두고 보기로 했다.

 중국 측은 통고한 것을 실천에 옮겼다. 맹부덕 연길군 단장이 수하의 군인을 이끌고 나선 것이다.

 8월 하순경에는 화룡현 삼도구(和龍縣三道溝) 방면에 출동했고, 9월에는 왕청현 서대파에 출격했다. 그러나 일본 측으로 볼 때, 투지가 조금도 없는 토벌작전이었다.

 겨우, 병영이나 무관학교를 태워 버리는 정도에 그쳤을 뿐, 한 명의 독립군도 사살하거나 체포하지 않았다. 무기도 몰수하는 일이 없이—.

 도리어, 근거지를 안전한 곳으로 이동하라고 일러 주는 것에 지나지 않았다.

 일본 측에서 잠자코 있을 리 없었다. 간도 총영사가 연길 도윤에게 항의를 했다.

 "그건 무슨 눈가림이냐?"

 그러나 도윤은,

 "상사의 명령이다. 그들은 정치범이다. 난들 어쩔 수 없다."

도리어 자신의 고충을 호소하기까지 했다.

"독립군은 정치범이 아니다. 비적이다."

일본 총영사의 주장은 철두철미 이것이었다.

그래도 미지근한 중국 측. 일본 측에서는 달리 비상수단을 쓰지 않아서는 안 되었다.

다량의 병력을 출동시키는 구실을 마련해야 된다. 병력의 출동이 합법화되면, 그 뒤엔 실력행사다. 녹슨 무기를 가진 중국군인이 수가 많은들 무슨 소용이 있을까?

그 다량의 병력을 출동케 할 수 있는 수단은 무엇인가?

마적을 이용하는 방법이었다. 만주의 마적은 밀림 중에 근거를 두고 대소 도시를 습격하여 약탈과 방화 살인 등 강도행위를 일삼고 있으나, 의리를 저버리는 일이 없는 것으로 알려져 있다. 더욱이 독립군에 대해서는 음으로 양으로 협조를 아끼지 않았다.

그러나 그 중에는 악질분자도 없지 않았다. 장강호는 악질분자 중의 하나였다.

일본 낭인과 연줄을 달고 있는 그는 일본 군경으로부터 무기의 공급을 받는 대가로 독립군의 활동을 악착하게 방해하고 있었다.

독립운동자를 체포 또는 살해해 일본 군경에게 넘겨주고 현상금을 받아먹는 일. 때로는 일본 장교를 끌어들여 마적으로 변장시킨 후, 그 지휘 밑에 한인들의 혁명부락을 습격하는 일.

그의 손에 유인되어 혹독한 사형(私刑) 끝에 참살당한 독립운동자의 수도 동삼성 일대에 걸쳐 무송(撫松)의 전성규(全星奎) 등 10여 명이 넘고 있었다.

이런 장강호인지라, 일본군의 간도 출병의 구실을 마련하는 연극에 주연의 역을 맡는 데 적임자가 아닐 수 없었다.

출연할 것으로 합의된 장강호는 9월 25일 혼춘 북방의 반자구(藩子溝)에 부하 일단을 끌고 진출했다. 그리고는 이날 새벽 일본 군경이 제공한 야포 3문을 포진하고 혼춘성을 공격 침입한 것이었다.

처음에 들어온 것은 장강호의 수하였고, 후속 부대로 들어온 것은 마적으로 변장한 경원(慶源) 수비대의 일본 군경이었다. 서문을 수비하는 일본 군경이 습격하는 마적부대와 변변히 싸움도 하지 않고 길을 틔워 준 것은 이 때문이었다.

3

성 안에 들어온 마적들은 옥문을 부수고 죄수를 석방했다.

집에 불을 지르고 사람을 죽이고, 연극답지 않게 마적행위를 잔인하게 하고 있었다. 잔인한 행동이 연극의 효과를 노리는 것인지도 모를 일이긴 하지마는…….

마음대로 하는 약탈, 아비규환의 생지옥이 연출되고 있었다.

늦게 든 탓으로 새벽녘에 깊었던 잠에서 창윤이는 야포의 폭장을 뒤흔드는 소리에 깨지 않을 수 없었다. 연극인 것은 꿈에도 모르는 창윤이었다. 그저 무섭기만 했다. 알았으면 더욱 공포에 떨었을 것이 아닐까?

비봉촌에서 당했던 일이 퍼뜩 떠올랐다. 청룡도를 든 적당이 새끼 밴 소를 빼앗아 가던 일. 어머니가 소를 빼앗기지 않으려다가 위험한 고비를 넘긴 일. 아내 쌍가매가 벌벌 떨던 일.

지금도 어머니는 벌벌 떨고 있다. 아이들은 어쩔 줄 몰라 하고ㅡ.

집 앞은 큰길이다. 큰길에서 호각을 부는 소리도 들리고 뛰어가는 군화의 소리도 들려 왔다.

음력으로도 9월 초순, 달이 없는 새벽 다섯 시 무렵은 아직도 새까맣다. 창에 불빛이 비치는 건 가까운 곳에서 집이 타고 있는 탓일 게다.

찢어지는 듯한 사람의 비명, 콩을 볶는 것 같은 총소리······.

당장 문을 열고 이번엔 청룡도가 아니고 소총을 꼬나든 마적이 뛰어들 것만 같았다.

어디 피해야 된다고 생각했다. 그러나 총알이 소나기처럼 나는 거리에 어디로 나갈 것인가? 더구나 비봉촌 때의 일이 또 생각났다.

구두쇠 신 서방과 머저리 노덕심이 참살당한 일이었다.

신 서방은 아내와 열여섯 살 난 딸을 겁탈에서 막으려다가 죽었고 노덕심이는 공연히 덤벙대다가 적탄에 맞아 목숨을 잃었다.

'함부루 뎀베서는 앙이 된다.'

그러나 딸 정복이가 걱정되지 않을 수 없었다.

아내는 마침 비봉촌에 가고 없었다.

일 년에 한두 번, 한식과 추석을 전후해서 창윤이는 비봉촌을 찾아보곤 했었다. 꼬박 춘추 두 번일 경우도 있었으나, 한식 추석 중 어느 한 때만인 경우도 있었다. 창윤이가 못 가게 되면 어머니나 아내를 대신 보냈다. 성묘가 주목적이었다.

비봉촌을 떠나서부터의 일이었다.

금년에는 한식엔 못 갔다. 추석에는 아내와 함께 갔었다.

그때 비봉촌 근처의 동네에서 메밀을 무역하기로 했다. 계약금으로 약간 돈을 뿌려 놓기도 했으나, 그것보다 소금을 갖고 가서 팔아 모밀과 바꾸기로 했다.

이번에 쌍가매가 간 것은 소금을 팔 겸 메밀을 모아 오기 위해서였다. 며칠 걸릴 것이다.

잘된 일이라고 생각했다. 정복이 하나만 보호하면 되겠기 때문이었다. 그렇더라도 정복이가 보이지 않았다.

"정복아, 어디메 갔니?"

"여기 있소꼬망."

떨리는 목소리가 가늘게 들려 왔다.

부엌 물독 속에서였다. 국수를 누르려면 물이 많이 든다. 물을 길어다 부어 두는 큰 독이 부엌간에 있었다. 그 안에 들어가 있는 것이었다. 마침 낮 영업에 물을 써버리고 독이 비었던 모양이다.

"그런 데가 더 위험하잴까?"

"그럼 어쩌겠음둥?"

문을 깨고 들어오면 오히려 독 안에 든 쥐가 된다. 창윤이는 어디로 집을 피해 나가야 된다고 또 생각했다.

그러나 자신도 어머니와 함께 부엌간으로 내려가 아궁이 앞에 쭈그리고 앉을밖에 없었다. 벽이나 창을 꿰뚫고 들어오는 유탄을 피하기 위해서는 지면보다 낮은 부엌간이 유리하다고 생각한 때문만이 아니었다.

딸을 보호하려면 부엌간에 있어야 된다는 의식이었을 것이었다. 적단은 아홉 시에 퇴각했다. 네 시간의 약탈이었던 것이다.

중국군인 70명이 전사했다. 조선사람 8명이 희생됐다.

그 8명 중에 건달 단골손님이 끼여 있었다는 사실이 창윤이로 하여금 놀라게 만들었다. 밀정 엄인섭의 끄나풀인가? 정말 왕청으로 내왕하는 독립군 관계자인가?

이젠, 그렇게 밉상이었던 단골손님, 까닭 없이 불안감을 불러일으켜 주던 사람도 영 창윤이의 주변에서 사라져 버렸다.

그러나 그것보다 더 놀라운 것은 일본 영사 분관이 습격당해 불태워졌고, 시부야 경부의 가족이 부상하고 9명의 일본 부녀자가 살해당했다는 사실이었다.

영사 분관 청사는 습격이 있기 전에 미리 비워 두었었다. 그랬는데도 그런 결과였다.

건물이야 습격당했건 불태워졌건, 그건 다시 지으면 되는 것, 오히려 출병의 구실을 마련하는 유력한 재료가 될 수 있을 것이다. 그걸 노리고 미리 비워 두기로 했을 게였다.

그러나 파견대장 가족의 부상과 일반 일본 부녀자의 피살은 어떻게 된 것일까?

일본사람들만이 아니었다.

혼춘성 내의 주민들이 모두 놀람과 의심을 품지 않을 수 없었다.

수령 장강호와는 달리 부하 마적 중에 정의에 불타는 패들이 있어, 밉살스러운 파견대장과 일본인들을 해친 것인가?

그렇지 않으면, 출병이라는 국가대계(國家大計)를 위해서는 자국민 부녀자 몇 명의 목숨쯤 희생시켜도 무방하다는 일본 측의 처음부터의 계획이었던가?

그럴 것이다.

지난 3월의 일이었다. 노령 연해주 니콜라예프스크[尼港]에서 적군(赤軍)의 빨치산 부대가 일본인 거주지를 습격, 부녀자들을 포함한 다수 인명을 닥치는 대로 학살한 사건이 있었다.

'밉고 미운 빨치산, 승냥이 같은 빨치산……'

이런 노래를 불러 가면서 일본인들은 거국적으로 공산 빨치산에 대해 이를 가는 적개심을 불러일으켰다. 그리고 그 사건은 국제적으로 크게 충격을 주었다.

일본은 이 사건을 곧장 정치적으로 이용했다.

반혁명, 대소 간섭 전쟁을 위해 연합군의 일원으로 일본군 5만이 시베리아에 출병한 것은 1918년 7, 8월 무렵이었다.

영·미·불 등 연합군과 더불어 일군은 시베리아와 연해주에서 멘셰비키를 비롯한 백군(白軍)을 후원, 볼셰비키 정권 붕괴를 위한 작전을 펴고 있었다.

그러나 연합군의 작전은 도리어 레닌이 지도하는 볼셰비키 소비에트 정권에 러시아 국민을 결속시키는 결과를 가져오고 말았다.

연합군은 무위(無爲)의 전쟁에서 손을 떼지 않아서는 안 된다고 합의했다. 속속 철수했다. 1920년 여름까지 철수를 끝내기로 했던 것이다.

그러나 일본군은 아직도 연해주에 야심이 있었다. 만주를 확보하기 위해서는 연해주에서 누르고 있어야 된다.

모처럼 출병한 병력을 쉽게 걷어 들일 수 없다. 이럴 무렵에 니콜라예프스크의 학살 사건이 있었던 것이다.

"보아라, 어떻게 금년 여름까지 철병할 수 있겠는가?"

"영·미·불의 다른 연합국과는 달라, 일본은 시베리아와 연해주에 많은 교포를 갖고 있다. 그 생명과 재산을 보호하기 위해서 우리 군대는 더 머물러 있어야 된다."

패전이나 다름없이 뿔뿔이 군대를 철수시키는 연합국이다. 일본의 주장을 반대하거나, 기한 내에 철수 않는 일본군을 억지로 시베리아에서 축출할 수 없는 일이었다.

그 여름이 지난 지금 10월 초까지 일본군이 시베리아에 그대로 버티고 있는 것도 빨치산의 니콜라예프스크 학살 사건이 구실을 마련해 준 탓이었다.

간도 출병을 목표로 하는 일본 측이 혼춘 습격을 '제2의 이항 사건'으로 연극의 각본을 꾸밀 근거가 충분하다고 하지 않을 수 없는 일이다.

그러므로 시부야의 가족과 부녀자 9명의 피살은 각본 중의 한 장면, 그것도 중요한 장면이 아닐 수 없는 일이다.

그러나 간도에의 출병은 결코 마적을 토벌하자는 데 목적이 있는 것이 아니다. 독립군 때문이었다. 그러기 위해서는 마적단에 독립군이 끼여 있는 것으로 만들어야 된다.

처음 들어온 마적이 감옥을 부수고 죄수를 풀어 놓은 것은 그것 때문이었을 것이었다. 감옥엔 독립지사들로 차 있기 때문이었다.

그러면 풀려난 독립지사들이 영사 분관을 습격했거나 적어도 9명의 일본 부녀자를 살해했을까?

살해했다고 일본 측에서는 주장했다.

8명의 조선인 시체는 중국 육군의 손으로 사살된 것이요, 그것은 영사 분관에 방화하고 부녀자들을 살해했기 때문이라고 우겨댔다.

그 감옥에서 나온 독립지사의 한 사람으로 알쏭달쏭 건달인 단골손님도 간주되어 있다는 사실은 창윤이는 후에야 알았다. 투전판에서 개평이나 벌어 가지고 나오다가 유탄을 맞았을지도 모르는……

4

출병의 구실이 마련된 일본 군경은 이튿날부터 중국 측의 양해도 없이 속속 혼춘에 집결했다.

우선 대기하고 있었던 나남군대의 출동명령이었다.

마끼(牧) 대좌는 우가(宇賀) 대위를 부관으로 1개 연대의 병력을 인솔하고 달려왔다.

함경북도 경찰부는 아다미(熱海) 경부에게 경관대를 주어 혼춘에 출동토록 했다. 그뿐이 아니었다. 도내 각 경찰서에서 민완으로 소문 높은 경관 57명을 뽑아 고마쓰(小松) 경시 지휘하에 보내 왔다.

혼춘성 내에 들어온 일본 군경들은 시가지를 점령하다시피 했다. 그리고 마적이 도망했다는 두도구(頭道溝) 방면의 행로를 차단하고 얼씬 못하게 했다. 그대로 삼엄한 경계였고, 살기와 공포가 시가지에 꽉 차 있었다.

그러는 한편 용정의 일본의 총영사는 연길 도윤에게 엄중 항의했다.

"마적단과 독립군의 합세로 이루어진 이 참살 사건의 책임을 중국 정부가 져야 된다."

도윤은 군단장 맹부덕을 현지에 파견 조사하도록 했다. 맹부덕이 혼춘에 도착했을 때에는 이미 일본 군경이 출동해 시가지가 계엄 상태에 놓여 있을 때였다.

그러나 맹부덕은 겉으로 나타나 있는 비습(匪襲)의 참상 때문에 일본 군경이 시가지에 깔려 있다는 사실에조차 불만을 표시할 수 없었다.

현지의 중국군 사령관도 70명의 부하를 잃은 상처에 정신이 멍해 있을 따름이었다.

일본 경찰에서는 맹부덕을 위협했다.

"장강호가 거느린 중국인 마적단 4백 명과 무장 부정선인 2백 명이 합세해 대일본제국 혼춘 영사 분관을 습격 방화하고, 일본인 부녀자 9명을 살해하고 양민 선인 8명도 함께 죽였으며 약탈을 함부로 했다는 사실을 인정하는가?"

"습격이 있는 것만은 사실이지마는……"

"그런데, 어쨌다는 거야?"

"독립군과의 합세는……"

"아니라는 말인가?"

마침내 맹부덕은 살기등등한 일경 앞에서 제 주장도 바로 세우지 못했다. 현지의 중국군 사령관과 더불어 일경이 요구하는 대로 인정서(認定書)에 도장을 찍고 말았다.

총영사는 외무성에 무전으로 보고했다. 일본 외무성은 봉천의 고하다(小幡) 일본 공사에게 훈령했다.

고하다 공사는 일건 서류를 동삼성 순열사 장작림에게 제출하고 항의하는 한편, 마적과 독립군을 토벌하기 위해 일본군 파견을 승인해 달라고 요구했다.

봄부터 끌어 오던 문제다.

장작림이 쉽게 승낙할 까닭이 없었다.

"귀국 부녀자의 생명이 희생됐다는 데 대해 심심한 유감의 뜻과 애도의 정을 금할 길 없습니다. 그러나 여기서는 현지의 사정이 소상치 않아서……."

이런 말로 회피했다.

그러나 일본 공사는 날마다 졸라 댔다.

"어쩔 터이오?"

그래도 장작림은 쉽게 굽어들지 않았다.

"정 승낙하지 못하시겠습니까?"

"예, 일본군의 호의는 감사하나, 뭐 귀국의 군대에게까지 폐를 끼칠 것은 없습니다. 우리 군대로도 넉넉히 마적과 독립군의 행패를 막을 수 있습니다."

"정 안 된다는 말인가요?"

"현재로서는……."

"알았습니다."

뜻밖에 강경한 장작림의 태도에 일본 측은 비상수단을 쓰지 않을 수 없었다.

군대를 풀었다. 봉천에 주둔하는 관동군이다.

요소요소를 지키도록 했다.

장작림 공관을 포위했다.

기관총구를 공관 정문으로 향해 포진했다.

그리고 그 안에서 최후의 담판을 벌였다.

고하다 공사의 목소리가 높았다.

"긴 말을 하지 않겠소. 우리의 정당한 요구에 대해 마지막으로 명확한 대답을 해주시오. 승낙치 않는 경우 본의는 아니나 귀국을 상대로 무력행사를 하겠소."

"핫핫핫……."

일본 공사가 긴장하고 있는 대신 장작림은 호탈하게 웃었다.

"왜 웃으시오?"

"귀국의 성의에 미상불 감복하는 바이오."

"성의라니요?"

"우리나라 길림성의 변두리의 치안을 위해 그처럼 애를 쓰는 성의 말입니다."

"성의에 대해 어쩌겠다는 겁니까?"

"귀하의 요구에 응할 마음이 생겨진다는 말입니다."

"고맙습니다."

이렇게, 장작림은 마침내 일본의 요구에 응하고 말았다.

다만, 출병 구역은 간도 구역 내에 국한할 것. 독립군 토벌 이외, 중국인에 대해서는 간섭치 말 것.

이런 조건을 붙였을 뿐이었다.

고하다는 성공하고 공사관에 돌아왔다. 10월 9일의 일이었다.

곧 현지 총영사관에 무전으로 연락이 되었다.

이미 혼춘에 출동하고 있던 군경들은 그러지 않아도 중국 정부를 무시하고 있었으나, 이젠 더욱 마음 놓고 독립군을 잡을 수 있었다.

그러나 며칠이 지난 뒤였다. 12일. 아직도 일본 공사관이 축하 기분에 잠겨 있을 무렵이었다.

'앞서의 언명은 귀국 군대의 포위 하에 강제로 이루어진 것이다. 전부 취소한다. 일본군의 간도 출병은 승낙할 수 없다.'

장작림이 일본 공사에게 통고해 온 사연이었다.

"나안다(이거 뭐야)?"

고하다는 얼굴빛이 변했으나 이내 빙그레 웃었다.

"장작림, 묘한 사람이군. 혀가 두 갠 모양이지? 그러나 혀 두 개 가진 사람은 없어. 뒤의 것은 잠꼬대할 때 쓰는 혈 꺼야, 핫핫핫."

5

창윤이 처 쌍가매가 삼베로 만든 자루 아구리를 쩍 벌리고 있었다.

박 첨지 며느리가 함지에서 겉메밀을 됫박으로 되어 자루 속에 쏟아 넣고 있었다.

"너어이."

"너어이."

네 되째였다. 박 첨지 며느리의 셈에 창윤이 처도 따라 외면서 자루 목을 쥐어 추스렸다. 그리고 다섯 번째를 되기 시작하는 박 첨지 며느리더러,

"좀 후하게 됩세."

"그에서 어떻게 후하게 되겠음?"

"되나 푼푼이(넉넉히) 받자는 긴디, 그렇기 빡빡하기 돼서야 뉘기 일부러 촌에 오겠음."

"에구, 에구, 후하게 되두, 자꾸 더 후하게 되란이 어떡하겠음. 소금으는 박하게 되문서리."

"짭자리야 어디메 뫼밀하구 같은 김메?"

사매(私買)가 엄금되어 있는 물건, 그러므로 귀한 물건, 들키면 엄벌에 처하는 소금이 아니냐는 쌍가매의 자신만만한 반문이었다.

"그래두."

하면서도 박 첨지 며느리는 됫박 위에 수북이 메밀을 담아 놓고 있었다. 밀대로 싹 밀어 되는 것이 아니다. '곡상'이라는 것, 됫박 위까지 쌓아 올리는 되질이었다.

"다아스"

"그래 시뉘비(시누이) 영 소식으 모름메?"

이번에는 따라 세지 않고 쌍가매가 묻는 말이었다.

"개천 옆집에서 살 때는 간혹 들었지마내두."

"그 후에는 영 모름메?"

"어디메 가서 개죽음으 한 모영입꼬망."

박 첨지 며느리가 쌍가매를 보면서 뜻있게 웃었다. 복동예 이야기였다. 남편 창윤이와 혼삿말이 있었던 여자, 얼되놈 노덕심이와 결혼한 뒤에도 창윤이와 뜬소문이 파다했던 여자, 아편쟁이가 돼 술집 작부로 떠돌아다닌다는 소문도 있었던 여자라서 그런 것만은 아니었다. 그런 호기심에서만이 아니었다.

비봉촌은 지금은 완전히 두메산골의 쓸쓸한 촌으로 변해 버리고 말았다. 토박이라고는 모조리 떠나 버리고, 오직 박 첨지네만이 남아 있었다.

전에야 원수 같은 사이였으나, 그나마도 조부모와 아버지의 산소를 돌봐 달라고 부탁할 사람은 박 첨지네밖에 없었다. 그래서 창윤이네와 내왕하고 있는 터다. 끈덕지게 비봉촌을 뜨지 않고 있으나, 한때 노덕심의 덕을 보아 머리를 들려던 살림도 그가 죽은 뒤부터는 도로 아미타불이었다.

그런데다가 박 첨지가 몇 해째 앓아누워 있다. 얼른 죽지도 않고 똥오줌을 받아 내지 않아서는 안 되는 긴 병으로 살림이 더 말이 아니었다.

가련해 견딜 수 없었다. 복동예나 어디 살아 있어 도와주었으면, 이런 생각에서일까? 창윤이 처가 복동예의 소식이 알고 싶은 것은 이 때문이었다.

그러나 박 첨지 며느리로서 갑자기 회상되는 일이 있었다. 최동규의 고모의 딸, 내종누이동생이었다. 어렸을 때의 일—.

외삼촌이 시키는 대로 복동예를 엄마가 부른다고 유인해 창윤이와 실개천 옆 느티나무 아래에서 만나게 했던 일이 있다.

'아직두 복동예를 샘으 내능가?'

이런 생각이 들었다.

창윤이 처를 보면서 박 첨지 며느리가 뜻있는 웃음을 웃은 것은 이 때문이었다.

"개죽음으?"

쩻쩻, 혀까지 차면서 한때 시앗 아닌 시앗으로 여겼던 복동예의 비참한 운명을 동정하고 있을 때였다.

"얼피덩 짐으 쌉세."

부엌간 문이 부산하게 열리면서 들어선 박 첨지 아들의 당황한 어조였다.

"짐으 싸당이?"

메밀을 되다 말고 박 첨지 며느리의 되물음이었다.

"혼춘에 호오적이 들었담메."

"예엣?"

쌍가매는 가슴이 철렁, 얼굴이 파래졌다. 그러나 박 첨지 며느리는,

"혼춘에 호오적이 들었는데 짐을 싸당이?"

또 물었다.

"왜놈우 순사 아아들이 쳐들어온담메?"

"그기 무슨 소림둥?"

박 첨지 며느리는 짐 묶으라는 것에만 관심이 쏠렸으나, 쌍가매는 철렁한 가슴속에서 혼춘 사정이 궁금하지 않을 수 없었다.

"어떻기 됐길래, 차근차근 얘기합세."

"그제 새박에 쳐들어왔다는데 쑥밭이 됐다는궁."

"쑥밭이?"

"영사관에 불으 지르구, 왜놈우 안깐들으 쥑이구, 육군 아들두 수태 죽었다는 애깁꼬망."

"어쩌잔 말이, 우리 사람들으는 다치지 않앴답데?"

"어째 앙이 다챘갔음둥. 뒷새(무지스럽게) 죽은 모앵입데."

"어쩌잔 말이. 다 죽었겠구나. 다 죽었어."

쌍가매는 미친 사람처럼 소리를 지르면서 벌떡 일어났다.

치마끈을 조여 매고 밖으로 나가려고 했다.

눈이 둥그래지면서 박 첨지 아들이 말했다.

"아주망이 혼춘으루 가자구 그럼둥?"

"가얍지. 그런 줄두 모르구, 노나 준 짭자리 값이 걷히지 않애서 채일 필(차일피일) 묵었덩이……."

"못 갈 기오."

"어째서?"

"질에 왜순경과 왜놈으 군대가 쭉 깔렸다는궁. 밖엣 사람으 혼춘에 디려보내지두 않구, 혼춘 사람으 밖으루 내보내지두 않구……."

그뿐이 아니라고 했다. 완전무장한 일본 군경대가 밀정과 끄나풀을 앞장세우고 조선사람이 살고 있는 동네면 쫓아가면서 이 잡듯이 뒤져 집은 불을 놓고 사람은 잡아가기도 하고 쏴 죽이기도 하고 있다는 이야기였다.

비봉촌은 혼춘에서 연길의 중간쯤 되는 위치가 아닌가?

"……오래지 않아 여기에두 당도할 기라구, 얼피덩 짐으 꾸려 가지구 산속으루 피난으 하라구 발으 구르다랑이……."

혼춘성 밖의 가까운 동네에 볼일로 갔다가 겨우 빠져 온 사람이 전하는 이야기라고 했다.

"불으 지루구, 사람으 잡아가구?"

그제야 박 첨지 며느리도 몸이 떨리는 모양이었다.

쌍가매가 어느 사이에 정주에서 나간 것도 모르고 남편과 함께 짐을 꾸리기에 정신이 없었다.

6

비봉촌에서 혼춘까지는 마차로 달려 하루, 걸어서는 이틀의 행정이었다. 그러나 쌍가매는 사흘이 걸려 그것도 밤중에야 겨우 집으로 돌아올 수 있었다.

"정복아!"

자는 모양이었다. 문을 열어 준 것은 창윤이었다. 아내를 보자 반가우면서도 눈이 휘둥그래졌다.

길이 험하다는 이야기인데 밤중에 왔대서만이 아니었다. 수세미 같은 옷, 흐트러진 머리, 마치 미친 여자 같았기 때문이었다.

등에 업고 머리에 인 메밀 자루에 진창 흙이 묻어 있는 게 더욱 그런 인상이었다. 짐을 받아 놓고 물었다.

"어떻기 된 김메?"

"쑥밭이 됐다구 해서."

"다행으루 일이 없었음."

"아이들두 다치쟪구?"

"오행으루."

자던 아이들과 시어머니가 깼다.

탈이 없는 식구들의 모습을 보고 쌍가매는 후우 긴 숨을 쉬고 말했다.

"집두 날아나구 식구들두 다 없어진 줄 알았지비."

"통 댕기지 못한다는데 어떻기 왔음?"

창윤이의 다시금 묻는 말이었다.

"말으 맙세."

"언제 떠났는데?"

"그제 아침에……."

머리를 쓰다듬어 올리면서 쌍가매는 말을 이었다.

"……박 첨지 아들으 말으 듣구, 내 정싱이 있었겠음? 그 사람 부배두 정싱이 없었구."

허겁지겁 나오면서도 메밀은 갖고 가야 한다는 생각이 들었다.

박 첨지네만이 아니었다. 다른 집에도 사서 자루에 넣어 맡겨 놓은 것이 있었다. 함께 마차에 실어 한목에 운반하려던 것이었다. 그러나 토벌대가 와서 동네에 불을 지르면 한 톨도 건져 낼 수 없는 일이었다. 한 자루는 이고 한 자루는 업었다. 그러나 이고 업고 한 메밀 자루 때문에 고생이 더했다.

동네를 벗어져 나와 얼마 동안까지는 아무 일도 없는 것 같았다.

'괴낭이 허튼 소문으 듣구 나만 욕으 뵈능 기 아잉가?'

그랬으나 박 첨지 아들의 말이 거짓이 아니었다.

마적 습격 이튿날에 벌써 혼춘에 출동한 군대와 경찰대는 곧 행동을 개시했다.

마적의 추격이 아니었다. 독립군의 소탕이었다. 미리 밀정으로 하여금 각 독립단체와 그 외 각 지부의 소재지를 지형과 더불어 조사해 두고 있었다. 단체 간부는 물론 회원들의 성명, 본적, 직업, 신분, 가정 사항, 성격까지 세밀하게 파악해 놓았다. 그걸 근거로 만든 비밀 대장(臺帳)을 들고 나섰다. 밀정과 끄나풀이 앞장을 선 것은 물론이었다.

그러지 않아도 독립군을 잡고 그 근거지를 부수는 데 눈에 핏발을 세우고 있는 경찰이었다. 영사관이 타 버리고 저희들 부녀자들이 10명 가까이 목숨을 잃었다.

적개심이 타오르지 않을 수 없었다. 거기에 군대의 출동으로 기세가 더욱 오르고 있었다.

그뿐만이 아니었다. 고하다 공사를 통한 대 장작림 순찰사의 강경 외교가 어떤 수단으로든지 승리로 귀착될 것을 짐작하고 있었다.

협정 결과를 기다리지 않고 행동을 개시했던 것이다. 현지의 중국 관헌과 군사령부도 손을 쓸 겨를이 없었다.

"왕바!"

울화통을 어루만지면서 보고만 있을 따름이었다.

—이렇게 혼춘에서 떠나, 거칠 것 없이 뒤져 나가고 있는 일본 군경이었다.

처음에는 그들이 당도하지 않은 동네를 아무 고생 없이 지나갈 수 있었다. 그러나 차츰, 그들과 가까워지게 됐다.

앞 동리에 들었다는 말을 들으면 그걸 피해 산에 접어들어 한둔하면서 걸었다. 그랬다가는 마침내는 그들이 거쳐 간 동네를 지나게 되었다.

그런 동네도 처음에는 아직 무럭무럭 불 지른 집에서 연기가 나는 곳을 지나쳤다. 그러나 차츰 불이 벌써 꺼지고 비봉촌으로 갈 때에는 동네던 고장이 허허벌판으로 변해 버린 옆으로 지나기도 했다.

이 동네에서 몇이 죽고, 저 동네에서는 몇이 잡혀갔고……

"……저 도독놈들이……. 말으 맙세. 이애기르 다 하자문 이가 스레서……."

쌍가매의 말에 창윤이는 물론, 시어머니, 정복이, 온 식구가 오금이 조여 견딜 수 없었다.

"쨋쨋……."

"으 음."

"앙이 앙이."

그저 이랬을 뿐이었다.

그러나 쌍가매가 집에 오겠다는 일념, 메밀 자루를 잃지 않겠다는 일념으로 대강 보고 온 것보다 참상은 더 심했던 것이다. 그럴밖에 없는 일이다.

토벌 개시한 지 일주일도 못 돼서였다. 동삼성 순렬사 공관에 기관총을 포진하고 그 안에서 고하다 공사가 장작림을 협박해 출병의 승낙을 얻은 것은…….

그 후부터는 더욱 거칠 것이 없었다.

9월 4일에 개시해 15일 밤까지 끝난 행동에서 약 3백 명의 독립군을 체포하고 각 부락에 방화하여 그 근거지를 소탕했다고 일본 측도 기록하고 있다.

청산리와 샛노루바우

1

"……샘강령새 발맥령 비캬굼 퓔퓽솜 규메래뭐 반뇨애……."
정수는 암호문을 해독해 옮겨 쓰고 있었다.
암호법에는 크게 두 가지가 있었다. 하나는 순전암호법(純全暗號法)이었다. 글자를 변용(變用)한 것.
변용에도 세 가지가 있었다.
첫째는 자음(字音) 변용법. ㄱ＝ㄹ, ㄴ＝ㅇ, ㄷ＝ㅂ, ㄹ＝ㅁ…… 랑바＝간다.
자음만을 바꾸고 모음(母音)은 그대로 겹쳐 쓰는 방법이었다.
둘째는 모음 변용법이다.
ㅏ＝ㅓ, ㅑ＝ㅜ, ㅓ＝ㅠ, ㅕ＝ㅘ, ㅗ＝ㅕ…… 궈둬＝간다.
자음은 그대로 두고 모음을 변해 쓰는 방법.

다음이 이상 두 가지의 병용법(竝用法)인 것이다. 자음도 모음도 변한 것으로 쓰는 암호였다. ㄹㅒㅒ=간다.

이 밖에 응용암호법이 따로 있었다. 격자법(隔字法)이 그 하나다. 가령 5자 격자법(五字隔字法)은 보통 글의 다섯 자마다에 전하려는 글자를 써 넣는 방법이다.

그리고는 통공색자법(通孔索字法). 미리 두 장의 종이에 꼭 같이 적당한 간격으로 구멍을 뚫는다. 그 종이를 둘이 나눠 가진다. 통신할 글자를 뚫린 구멍의 위치에 적어 넣는다. 받은 사람은 구멍 뚫린 종이를 글자에 대본다. 구멍 속에 나타난 사연을 읽는 방법이다.

상해 임시정부를 위시해 만주의 독립단체 사이의 통신에 쓰이고 있었다.

"⋯⋯일본군이 독립군 대토벌작전을 벌이기로 됐으니⋯⋯."

자모음 변용의 병용법이었다. 풀어서 옮겨 쓰는 정수의 얼굴이 굳어지고 손이 떨리지 않을 수 없었다.

"⋯⋯군대는 급속히 하발령 이북이나 백두산 속으로 일시 이동해서 적의 형세를 관망한 후에 실력을 기르고 그런 후에 시기를 보아 공격을 함이 가할 줄로 알고 있소 그러지 않으면 적의 대부대 습격에⋯⋯."

국민회 본부에서 명월구에 있는 홍범도 장군에게 보내 온 비밀지령이었다.

일차 승낙했던 것을 취소했으나 일본 측의 웃음거리가 되었을 뿐, 장작림은 다시 어쩔 수 없었다.

일본 측은 장작림과의 협정이 체결된 것으로 믿고 나갔다. 이젠 두만강 변두리의 경찰관, 결사대로 조직된 수비대원을 월강 투입하는 자질

구레한 행동이 아니었다.

군대를 동원해서의 본격적인 대작전이었던 거다.

아직도 시베리아에 주둔 중인 제21사단의 군대를 장고봉(張鼓峰)을 넘어 남하게 한다. 그리고 나남의 19사단을 북상시켜 하발령 이남 북간도 지대의 독립군을 협공으로 완전 소탕한다. 일본 측의 작전계획이었다.

봉천 정부로부터의 훈령과 일본군의 작전을 알고 있는 연길 도윤은 맹부덕 군단장으로 하여금 국민회 본부에 이 사실을 알렸다.

전부터 독립군의 육성과 활동에 이해와 후원을 아끼지 않았던 연길 도윤이요, 맹부덕 단장이었다. 일본 측의 압력으로 한때 토벌작전에 나섰으나, 병영 일부를 불 지르는 정도로 눈가림해 내려왔던 중국 측 관헌이었다.

근거지를 떠나 하발령 이북으로 이동하는 것이 인명의 피해를 막고 후일의 재기를 위해 가장 타당한 방법이라고 거듭 권고했다.

국민회는 그 호의를 무시할 수 없었다. 그뿐이 아니었다. 정보와 정세로 미루어 우선 안전지대로의 군대이동은 불가피한 일이라고 결론을 내리지 않을 수 없었다.

곧 홍범도에게 사람을 보냈다.

정수가 해독하여 옮겨 쓰고 있는 암호문은 그 사람이 가지고 온 것이었다.

암호 해독문을 가지고 정수는 홍범도 장군의 방으로 들어갔다. 바로 옆방이었다.

홍 장군은 안무(安武) 장군과 본부에서 온 사람과 함께 심각한 얼굴로 앉아 있었다.

"끝났는가?"

"예."

"이리 주게."

"물러가겠습니다."

"그래."

정수는 제 방으로 돌아왔다.

이윽해서였다.

정수는 불리어 홍 장군의 방으로 나갔다. 그땐 방 안에 홍범도 혼자 있었다.

"종이와 붓을 가져오게."

"옛."

정수는 다시 제 방에 가서 종이와 연필을 가지고 홍범도 앞으로 갔다.

"부르는 대로 받아쓰게."

"옛."

전투 때에는 전령병이나, 본영에 돌아와서는 비서 노릇을 한다고 할까?

"우리글을 버리고 이건 뭐야?"

한문 편지는 처음부터 읽지 않고 쭉쭉 찢어 버리는 성미였다. 그러나 홍범도는 국문으로도 붓을 들어 편지 같은 것도 쓰는 버릇이 아니었다. 총 다루는 데는 그렇게 신명이 나도 글엔 흥미가 없는 것이다.

편지나 글은 부르는 것을 듣고 정수가 문장으로 만들어 써오곤 했다.

"김좌진 장군에게 보내는 편지니 그런 줄 알고……."

"옛."

"먼저 문안을 간단히 쓰고……."

"옛."

정수가 상투적인 문안의 말을 쓴 뒤 홍범도의 얼굴을 보았다.

"썼는가?"

"옛."

"다음에는 다름이 아니라 쓰고 뭐라고 하느냐 하면……. 괘씸한 왜도적들이 군대를 풀어 우리 군대를 간도 천지에서 씨도 없이 죽여 없애겠다고 하는 모양이오 독립군 토벌이라는 이름으로 덤빈다고 하는데, 핫핫핫, 이런 죽일 놈들이 어디메 있으며 하로강아지 범 무서운 줄 모르는 놈들이 또 어디메 있겠습메까? 장작림 장군도 왜적의 두목 이등박문이라는 놈이 우리나라를 빼앗아먹을 때에 한 것과 똑같은 수단으로 군대를 풀어 기관총을 들이대면서 우격다짐을 하는 통에 못 이겨서 그만……."

정수는 홍범도의 비분강개한 말투를 살리면서 문장을 만들어 나갔다.

"……사세가 이러 하온 즉, 오히려 장군과 힘을 합하야 주야 몽매에 이가 갈리고 치가 떨리던 왜적과 접전하야 저 천고에 둘도 없는 도적놈들의 군대를 간도에서 씨도 없이 쳐부시고 도적놈 두목들의 간담을 서늘하게 하는 한편 그 여세로 승전곡을 부르면서 내지에까지 밀고 들어갈 때가 바로 이때라고 생각하옵나이다."

간추려 글로 만든다고 하면서도 정수도 가슴이 울렁거려지지 않을 수 없었다.

"이런 천재일우의 기회를 버리고 어찌 우리가 목숨을 살리기 위해 안전지대로 도피하겠나이까? 더구나 우리 독립군은 간도의 동포는 물론 국내의 애국 동포의 물심양면의 정성으로 커 내려온 군대임을 생각할 때 우리가 적의 대거 출병에 쫓겨 안전만을 도모한다면 민족의 정성과 의리를 배반하는 일이 될 것입니다. 차라리 적을 맞아 최후의 일병까지 싸워 꽃으로 지는 한이 있더라도 도피는 천부당만부당한 일인 줄로 알며 그것은 우리 독립군이 아니라도 무릇 호반의 기개로서도 못 하는 일인 줄로 알고 있사옵니다. 그리하야……"

군정서 소속의 김 장군 휘하 군대와 국민회 소속의 군대가 합세해, 일본군과의 일대 접전을 하되 집결지는 화룡현 청산리로 정하는 것이 어떠냐는 의견으로 끝을 맺었다.

청산리면 군정서 구역이기도 하고 국민회 구역이기도 했다. 산세가 전투하기에 좋은데다가 부락민들의 후원으로 군량이나 인력의 동원을 얻을 수 있을 것이었다.

그뿐이 아니었다. 산 하나만 넘으면 안도현(安圖縣) 지역이 된다. 만일의 경우 안도현으로 철수할 수 있는 이점이 있는 셈이다. 안도현은 간도 지역에 들지 않는다. 일군의 토벌 대상 밖이었다. 그 안도현으로 넘어서는 경우 거기서 우선 숨을 돌려 백두산으로 갈 수도 있고 하발령 이북인 돈화현(敦化縣)에서 재집결 후 재기할 길이 마련되는 것이었다.

옥쇄(玉碎)를 각오하면서도 홍범도는 퇴로도 생각해 본 모양이었다. 병법(兵法)의 상사(常事)일 것이었다.

"읽어 보게."

정수는 목소리를 가다듬어 읽었다. 구릿빛 얼굴이 심각해지면서 홍범도는 말했다.

"암호문으로 고쳐 쓰게."

"옛."

북간도 71

정수는 거수경례를 붙이고 제 방으로 돌아왔다. 편지 사연을 암호문으로 옮겼다.

'……놋 퓽랼솜 거묘퍙뉴……'

2

이범석(李範奭)을 여행단장(旅行團長)으로 임명한 북로군정서 독립군 총사령관 김좌진이 휘하 장병 천여 명을 이끌고 화룡현의 어랑촌(漁郎村)에 도착한 것은 10월 16일이었다.

홍범도의 편지를 받기 전에 벌써 서대파(西大坡)를 떠났던 것이다.

연길 도윤이 국민회 본부와 함께 일본군의 토벌작전을 군정서에도 알려 주어서만이 아니었다. 정보를 통해 노령에 주둔 중인 병력과 나남사단의 병력이 남북으로 협공태세를 갖추고 있음을 벌써부터 알고 있었다. 더구나 그 목표가 독립군 중에서 가장 많은 병력을 포용하고 있는 군정서 부대라는 것도 알고 있었다.

김좌진은 장병들에게 얼른 동복으로 바꿔 입혔다. 그리고 화룡현 삼도구를 향해 떠났던 것이다. 홍범도의 생각과 마찬가지였다. 삼도구 지방은 지세(地勢)로도 그렇고 우리 사람 부락이 많아 전투에 이점이 많다. 그리고 접경인 안도현으로 넘어서면 백두산으로 들어갈 수 있다.

김좌진의 목적지는 백두산이었던 것이다.

일본의 압력에 못 이겨 맹부덕 군단장이 이끈 중국병이 군정서에 진주해 건물을 불태우는 등, 눈가림을 할 때부터의 계획이었었다.

그랬다가 혼춘에의 위장 마적이 있은 직후에는 서두르지 않을 수 없었다.

그랬는데 또 도윤으로부터의 호의에 넘친 통고였었다.

"장작림도 마침내 승낙하고 말았다."

곧 행동을 개시했다. 그러나 밤에만 행군해야 했다. 더구나 평탄한 길을 택할 수 없었다. 일군경의 눈을 피해야 하기 때문이었다.

병마(馬)와 포차(砲車)를 끌고 밤에 산길을 돌아야 하는 난행군이다. 그래도 4, 5일 내에 서대파에서 어랑촌까지의 3백50여 리 길을 진군해 낼 수 있었다.

용정에서 평강(平崗) 고개를 넘어 서쪽으로 30리 지점에 투두거우(頭道溝 : 理春地方의 頭道溝가 아니다)가 있고, 거기서 또 서쪽으로 30리에 얼두거우(二道溝)가 있다. 얼두거우에서 10리 서쪽에 어랑촌, 어랑촌에서 10리 못 미친 남쪽에 충신장(忠信場)이 있다. 충신장에서 서편으로 30리 가면 큰 바위 달라즈(大磳子)라는 곳에 당도한다. 달라즈에서 서쪽으로 15리 지점에 백운평(白雲坪) 부락이 나타난다.

달라즈와 백운평 일대를 청산리라고 했다. 싼두거우(三道溝)라고도 하고……

주변엔 산이 첩첩하나, 그 사이에 펼쳐진 넓은 지대였다. 우리 사람 부락들이었으므로 김좌진은 여기서 대오를 정비하고 안도현으로 진군하려고 했다.

그러나 청산리에 닿기 전인 어랑촌에서,

'일군이 무산(茂山)으로부터 진격해 오는 중이다.'

이런 정보에 접했다. 나남의 19사단 소속군이었다.

"결전의 시기는 도래했다."

김좌진 장군은 민가의 막사에서 굳은 결의를 표명했다.

장교들을 모아 임전태세를 갖추고 작전을 꾸몄다.

참모장 나중소(羅仲昭), 부관(副官) 박영희(朴英熙), 연성대장(聯成隊長) 이범석 등을 간부급으로 임전 참모부를 편성했다.

그리고 보병 4개 중대와, 기관총대 2개 소대로 개편했다. 중대는 각각 2소대씩으로 편성하고…… 중소대장도 임명했다.

곧 어랑촌에서 충신장을 거쳐 청산리로 진주했다.

백운평 전방의 고지 산림 속에 장병을 매복시켰다. 전투에 유리한 지점이었다.

'적군은 3대대의 병력이다.'

정확한 정보가 편의대(便衣隊)와 주민들에 의해 전해 왔다.

일군은 척후병을 통해 독립군이 청산리에 진주한 것을 알고 있는 모양이었다.

청산리를 삼면으로 포위하는 작전을 펴고 있었다. 19일의 일이었다.

그러나 김좌진은 고지 산림 속에 복병한 채 기척도 내지 않았다. 일군으로 하여금 포위하도록 맡겨 두자는 작전이었다. 그리고 편의대와 부락의 주민으로 하여금 독립군의 병력이 얼마 되지 않으며 전의(戰意)를 상실하고 있는 듯이 퍼뜨리게 했다.

적으로 하여금 방심케 하자는 작전이었던 것이다.

일군은 마음 놓고 청산리 일대의 포위선을 압축하고 있었다.

3

"이 간나 쪽발이 새끼들이 어째 안즉두 뵈이잖니?"
"군뼹이 죽으 써먹은 모옝이지?"
"겁이 나서 그럴 거야."
"이거 이젠 해도 져 가는데, 오늘도 총 한 방 못 쏴보고 한둔하게 됐군."
"밤에는 못 덤빌 테니까……"
"그랬다간 몰살당하게……"

일군이 마음 놓고 포위선을 압축하고 있다고는 하나 19일 해질 무렵까지 백운평 고지의 숲속에 매복 중인 김좌진 부대의 눈엔 한 명의 병정도 들어오지 않았다. 시월 중순의 저녁 무렵엔 고지 숲속은 벌써 엄동(嚴冬)철인 양 추웠다. 새벽에는 즈즐하게 물기 있는 곳에 살얼음이 치기도 했다. 행군 전에 동복으로 바꿔들 입었다고 하나 완전 방한복일 수 없는 군의 재정력이었다.

그것도 행군이나 전투가 있다면 추위를 잊을 수도 있으나 지금은 그냥 숨소리도 크게 내지 못하고 한곳에 못 박혀 움직여서도 안 되는 매복 작전인 것이다.

얼른 나타나지 않는 적군에 대해 도리어 사병들 사이에서 볼멘소리가 나오지 않을 수 없었다.

피복뿐이 아니었다. 식량도 그랬다. 어랑촌에서 백운평으로 진주하는 사이엔 부근 부락민들의 정성으로 그때그때 식사를 할 수 있었다. 그러나 지금 매복 중에는 부락민이 식사를 날라다 줄 수도 없고 더구나 취사를 할 수 없는 일이었다.

옥수수와 꼬량 가루의 마른 떡으로 충당하지 않아서는 안 되었다. 그것도 아껴 먹어야 했다.

추위에 배는 고프고……

그러나 그걸 탓하지는 않았다. 그저 얼른 적군이 나타나지 않는 게 안타까울 뿐이었다. 사기가 높아 있었다.

"형님, 갑갑해 못 견디겠습니다."

"나두 갑갑하기는 해. 그러나 참구 기대레야지."

창덕이 웃어 보였다. 그러나 최인걸(崔麟杰)은 짜증이 난다는 듯이 머리를 긁적긁적하더니,

"나타나기만 하면 따르르르……"

갑갑했던 몫까지 쏘아 대겠다는 투로 말하면서 탄자가 걸려 있는 기관총을 보았다.

기관총 사수였다. 이창덕이와 함께.

17~18세, 그런 낫세밖에 되지 않았다. 그러나 몸집이 크고 건장해 다섯 살은 숙성하게 보였다. 소년다운 순박한 인품인 데다가 기관총을 생명처럼 사랑하고 있었다. 창덕이가 발탁해 기관총 사수로 훈련시킨 소년병이었다.

창덕이는 처음에는 경리 관계에 소속되어 있었다. 장사했던 경력을 참작해서였다. 한때 군자금모집에 약간 활약한 것도 이 때문이었다.

그러나 경리 관계의 일은 어쩐지 같은 군인이면서도 따분하게 느껴졌다. 한 가지 일에 지그시 집착을 할 수 없는 성격 탓인지도 모를 일이었다.

전투부대에 돌려줄 것을 자원했다.

마침, 기관총이 구입됐었다. 장총의 위력에 비길 것이 아닌 기관총에 창덕이는 홀딱 반하고 말았다. 중기관총이었다. 말 등에 실어 운반해야 했다. 싣고 부리고, 옮기고 포진하고, 기관총병은 건장한 체구와 체력을 필요로 했다. 거기 소속된 뒤 창덕이는 그런 사병의 한 사람으로 최인걸을 발견했던 것이다.

순진한 점, 기관총을 사랑하는 점, 이런 것이 창덕이의 귀염과 신뢰를 받게 만들었다.

형님. 창덕이를 친형처럼 대하고 있었다.

창덕이는 조카인 정수 낫세인 최인걸을 친동생 친조카처럼 생각했다. 그 소년 기관총 사수도 조바심을 하고 있는 것이다.

"참고 기다리는 것두 싸움이야."

고참병이요, 선배다운 창덕이의 말이었다.

"그렇지마는……"

큼직한 눈에 앳된 것이 풍겨지면서 소년 사수도 웃었다.

"호호호호오……"

기관총을 등에 싣고 온 말도 나무 속에 가려 매여 있는 채 울고 있었다.

"쉿."

소년 사수는 말이 있는 데 가서 엉덩이를 손바닥으로 치고 갈기를 쓰다듬어 주었다.

"조용해야지."

4

이튿날(20일) 정오 무렵이었다.

누런 군복의 말 탄 군인 5~6명이 백운평 숲을 향해 달려오고 있었다. 일본군 기마대의 선발대였다.

숲 일부에 당도했다. 숲속에 들어설 때까지 아무 저항도 받지 않았다.

숲속에 일장기를 꽂아 놓았다. 점령했다는 표시였었던 것이다. 후속 기마대가 마음 놓고 말을 달려오고 있었다.

보얗게 일어나는 먼지.

그 후속 기마대가 백운평 숲에 가까이 이를 때였다.

탕, 탕, 탕.

따르르르…….

매복했던 독립군 부대에서의 일제 사격으로 내뿜는 불이었다.

일본군으로서는 뜻밖의 일이었다. 말 위에서 명중탄에 뒹굴어 떨어지기도 하고 말이 거꾸러지는 통에 땅에 뒹굴다가 날아오는 총탄에 맞기도 하고…….

기마대는 거의 전멸상태였었다. 그러나 이것으로 청산리로 좁혀 들어오는 일군을 전멸시킨 것은 아니었다.

일부의 선발대인 기병대에 타격을 주었을 따름이었다.

겨우 서전(緒戰)에 지나지 않았다.

싸움은 이제부터다.

그럴 것이, 일본군은 선발대인 기병대를 잃은 대신 독립군의 포진지(布陣地)를 알고 작전을 펼 수 있었기 때문이었다.

도리어 활기를 띠고 있는 일본군이었다. 그런 일본군을 삼면으로 맞이하고 있는 독립군은 작전을 변경하지 않아서는 안 되었다.

김좌진 장군은 진중 편제(陣中編制)로 간소화했다.

전 장병을 두 대로 나누었다. 제1중대는 김좌진 자신이 지휘하기로 하고 제2중대는 이범석으로 하여금 통솔하게 했다.

그리고 작전을 짰다. 우선 봉미구(鳳尾溝)로부터의 일군이 백운평에 도착하려면 한 시간밖에 걸리지 않는다. 그 부대가 도착한 뒤에는 독안에 든 쥐가 되지 않을 수 없는 일이다. 퇴로(退路)가 막히기 때문이었다.

김좌진은 작전명령을 내렸다.

"제1중대는 즉각 삼도구 방면으로 철퇴할 것.

제2중대는 원진지에서 항전을 계속하여 제1중대의 철퇴작전을 엄호할 것.

제1중대의 철퇴를 성공시킨 후, 원진지에서 철수할 것.

제2중대는 밤 두시 전으로 갑산촌(甲山村)에 도착, 제1중대와 합류할 것."

명령은 곧 작전으로 옮겨졌다.

제2중대의 엄호사격은 제1중대의 철수작전을 완전히 성공리에 끝나게 만들었다.

그리고 제2중대 자체도 백운평 고지 숲속의 진지를 떠나 서북방인 갑산촌까지 1백60리 길을 강행군해, 명령보다 사십 분 늦어 밤중 두 시 사십 분에 전원이 무사히 도착, 벌써 와 있는 제1중대와 합류할 수 있었다. 백운평의 전투에서 5백여 명의 일본군의 사상자를 냈다. 빛나는 승리였으나 갑산촌에 집결한 군인들은 조용했다. 개선이로되 앞으로 전투를 맞이하고 있는 개선이기 때문이었다.

　이창덕이의 기관총 소대는 제2중대에 속하게 됐다. 최인걸이 갑갑했던 울화통까지 한꺼번에 터뜨리는 듯이 강렬한 투지로 소사(掃射)해 댔다. 그게 이번 철수작전에 적지 않게 도움을 주었다.

　5

　"천수평(泉水坪)에 적군 기병대대 1백20명이 주둔하고 있다."
　이 정보는 제2중대가 도착하기 전에 김좌진 사령관에게 알려진 사실이었다.
　김 장군은 이범석 대장이 도착하자, 곧 나중소 참모장과 함께 셋이 작전계획을 마련했다.
　철퇴 작전 승리의 여세로 공격하기로 의견의 일치를 보았다.
　갑산촌과 양수평은 불과 3~40리의 거리였다.
　대오를 정비한 후 밤길을 타서 조심스럽게 진군했다. 부락을 포위하고 집중 사격을 개시한 것이 새벽 다섯 시였다.
　시마다(島田) 중대장이 인솔한 부대였다. 인마(人馬)가 함께 잠들고 있을 무렵의 예상 외의 공격이었다.
　허둥지둥 눈을 비비면서 응전하긴 했다. 그러나 불의(不意)를 찔린 대전이었다.
　총이나 기관총을 쓸 겨를이 없었다. 사람과 더불어 말이 풀 쓰러지듯 죽어 넘어졌다.

부락에 이르는 곳마다, 누런 군복의 시체가 뒹굴고 있었다. 죽은 말들이 즐비했다.

아직 목숨이 끊어지지 않은 말의 동물적인 비명.

해 뜰 무렵까지의 전투에서 천수평 부락은 서리와 살얼음 위에 피바다를 이루고 있었다.

중대장 이하 120명 전원이 40명의 탈출자를 냈을 뿐 전멸하고 말았다.

독립군 측의 손해는 전사 2명, 중경상자 17명이었다. 21일의 전투였었다. 이날의 전과는 사살자의 수로 보아 일군 백운평 전투에서보다 더 큰 승리였었다.

그리고 이 전투에서 독립군의 작전상 지극히 유리한 일본군의 비밀문서를 얻을 수 있은 것이 또 하나 큰 성과라고 할 수 있을 것이었다.

그것을 입수하지 못했다면 독립군 총병력이 일시에 완전 섬멸 당했을 것이기 때문이었다.

시마다 중대장 등의 시체를 확인하고 있을 때였다. 김 장군 앞에 긴장한 얼굴로 나선 사병이 있었다.

이창덕이었다.

"이상한 것을 발견했습메다."

창덕이 내미는 것은 피 묻은 큰 봉투였다.

김 장군이 받아 뜯어보았다. 시마다 중대장의 자필 서명에 도장까지 큼직하게 찍은 것, 중요 비밀문서임이 대뜸 짐작이 가는 것이었다.

읽어 보는 김좌진의 얼굴이 심각해지면서도 생기가 돌고 있었다. 감정을 쉽게 나타내지 않는 장군이었으나 창덕이의 눈에 그렇게 보였다.

다시 무표정인 채 장군은 부관에게 서류를 주었다.

"이게 무어요?"

"도전이 가노[加納]s 연대장에게 보내는 보고서입니다."

"그렇소?"

하더니 김 장군은 창덕이더러 물었다.

"어디서 얻었는가?"

"적의 시체에서 얻었습메다."

"시체에서?"

"옛, 총알이 비 오듯 쏟아지는 중에서도 대항해 싸울 생각은 없이 도망치기에만 바빠하는 놈이 있었습메다. 저는 기관총 소대이므로……."

언덕의 고목 옆에 포진하고 최인걸과 함께 내려다보면서 소사를 하고 있었다. 거의 도망칠 틈도 없이 쓰러지고 말았는데 오직 이자만은 도주에 필사의 노력을 기울이고 있는 듯이 보였다.

"조놈 봐라?"

최인걸이 그쪽으로 총구멍을 돌리고 방아쇠를 잡아당겼다.

쓰러진 뒤, 수상하다는 생각으로 내려가 뒤져 보았더니 품속에서 봉투가 피에 묻은 채 나왔다는 것이었다.

"알았어. 수고했소 가봐."

"옛."

창덕이 물러가자 김좌진은 부관더러 물었다.

"무어라고 씌어 있소?"

부관이 대답했다.

"……19사단 사령부는 어랑촌에 주둔해 있고, 본 시마다 부대가 양수평에 진주해 있는 것은 이도구(얼두거우)의 경비를 담당하기 위해서인 것이다…… 이런 것입니다."

6

"어랑촌에 적의 사령부가 있다. 그리고 적의 남하 북상 두 부대가 집결할 것이다. 적이 오기 전에 그 지대의 요지를 점거해야 한다. 그리하여 집결해 오는 적군을 맞아 이를 격멸해야 한다."

유리한 지점을 먼저 점령하는 게 조우전(遭遇戰)을 승리로 이끄는 전법(戰法)이다.

그러기 위해서는 한 시각이 급했다.

"어랑촌으로."

1백20명을 전멸시킨 대승리의 피로를 풀 겨를도 주지 않고 김 장군은 행군을 명령했다.

한편 장고봉을 넘어 남하해 두도구(頭道溝) 방면을 거쳐서 군정서군을 쫓고 있던 21사단의 일본군은 시마다 중대장의 가노 연대장에의 보고문대로 사령부 소재지인 어랑촌을 향해 진격 중이었다.

그 중 한 부대는 두도구의 서남방 30리의 구세동(救世洞), 충신장 등등 부근의 부락에 진입해 독립운동자의 집에 방화하는 등 행패를 부리고 다른 부대는 얼두거우[二道溝]를 거쳐 직접 어랑촌을 목표로 진군하고 있었다.

어느 편이 먼저 어랑촌에 도착할 것인가? 마치 결승점 하나를 놓고 좌우에서 먼저 도착하는 경기 같은 것이었다.

그러나 마침내 군정서군이 먼저였다.

어랑촌 전방의 마녹구(馬鹿溝) 고지를 점령할 수 있었다. 21일 해질 무렵이었다.

그 뒤를 이어 일본군이 어랑촌에 들어왔다.

독립군을 발견한 일본군은 선착대(先着隊)의 병력이 총동원으로 공격해 왔다.

그러나 작전 요지를 점령한 김좌진 장군은 산 위에 은신하면서 공격하는 일군을 3, 4차에 걸쳐 물리쳤다.

보병은 물론 기병, 포병, 공병 등 중화기(重火器)와 기동력(機動力)을 갖추고 있는 일본군이었다. 물리쳤다고 하나 혈투(血鬪)의 고전이 아닐 수 없었다.

그러나 다음날에는 더 큰 고전을 각오하지 않을 수 없었다.

21일의 일군의 공격은 선착대인 남하(南下) 부대만이 담당하고 있었다.

그러나 독립군의 소재를 안 일본군 사령부는 북상(北上) 부대를 어랑촌에 집결하도록 명령했다.

북상 부대도 어랑촌으로 총집결하고 있었기 때문이었다.

예상했던 대로 22일, 남북군이 합세한 공격에는 요지(要地)를 점령하고 있는 독립군도 결사의 각오로 대전해야 했다. 기동력은 차치하고라도 1만 대 1천으로 10대 1의 병력이었다.

포탄의 파편이 김좌진 사령관의 군모를 벗겨 버린 아슬아슬한 고비도 있었다.

이범석 대장의 지휘도가 적탄에 맞아 두 동강이 나기도 했다. 그래도 독립군은 지휘자의 명령에 따라 악전고투했었다.

이창덕이의 기관총 소대는 산마루의 고지에 보병 한 소대의 병력과 함께 포진하고 있었다. 보병 소대는 명사수들만으로 편성한 특별 사격대였다.

고지의 지리(地利)를 이용하면서 산으로 접근해 오는 적에게 치명적인 사격을 퍼붓고 있었다.

몇 차례 산개(散開)와 포복(匍匐)으로 산으로 접어들려는 적의 결사대인 듯한 병정을 물리친 일도 있었다.

그러나 마침내 적은 산에 발을 붙이고야 말았다.

숲속에 오솔길이 하나 틔어 있었다. 이 길이 적의 수중에 들어가면 중화기의 운반도 쉽게 되어 이편에 불리하지 않을 수 없다.

이 길의 방비에 독립군은 처음부터 힘을 기울이고 있었다. 그러나 산에 접어든 일군 선발대도 바로 이 길을 트려고 전력을 다하고 있었다.

"오솔길의 적을 향해 사격."

대장의 명령으로 소총도 기관총도 일제히 그리로 총부리를 돌렸다.

전진하던 일병들이 고지에서의 일제 사격에 쓰러지기도 하고 후퇴하기도 하고…….

두어 차례 공방전이 오솔길을 놓고 전개되었다. 일군으로서는 고전이 아닐 수 없었다.

그러나 적은 이내 고전인 원인을 알아냈다. 고지에서의 기관총도 섞인 일제 사격 때문임을…….

야포가 고지를 향해 겨냥이 된 모양이었다. 복장을 뒤집어 놓는 소리와 더불어 불을 뿜어 내기 시작했다.

한 대만의 사격이 아니었다. 여러 문의 야포가 계속해 고지를 향해 포탄을 터뜨리고 있었다.

정확한 조준의 중화기의 위력 앞에 어쩔 수 없었다. 진격탄에 맞기도 하고 파편에 맞기도 하고……. 삽시간에 고지는 피바다로 변해 40여 명의 한 소대의 사격대원들이 전원 전사하고 말았다.

창덕이네 기관총 소대는 보병 사격대와 같은 능선이나 약간의 간격이 있게 포진했었다.

그렇더라도 손해를 보기는 매한가지였다.

두 대의 기관총 중 한 대는 형체도 없이 날아가 버리고 대원들도 전사와 중상을 입고 있었다. 사람만이 아니었다. 기관총을 운반하는 말도 모두 죽어 넘어지고 있었다.

"형님."

창덕이도 겨우 남아 있는 한 대의 기관총 옆에 쓰러져 피를 흘리고 있었다. 기적적으로 상처 하나 없는 최인걸이 창덕이를 안아 일으키려고 했다.

아직은 의식을 잃지 않고 있었다.

"정신 차리시오."

"으응, 너나 얼른 이 자리를 피해라."

"안 됩니다."

"얼른 피, 피하라니까."

"안 됩니다."

"피해. 우리 형님을 만나거든……."

"정신 차리시오."

"……형님께 죄를 많이 지었다고, 그리고 가족들을……."

"형님."

창덕이는 숨을 거두고 말았다.

최인걸은 창덕이를 바로 눕혔다.

그리고 밧줄을 찾았다. 밧줄로 기관총에 제 몸을 꽉 비끄러맸다. 겨우 오른손을 움직일 수 있게만 했다. 그 오른손으로 방아쇠를 잡아당겼다. 오솔길을 향해 따따따따라라…….

한동안 응사(應射)가 없었으므로 전멸한 줄로 알고 있었던 일군 야포대에서는 아직도 들려오는 중기관총 소리에,

타앙―.

고지를 향해 멈췄던 포문을 다시 열었다.

타앙, 타앙.

7

해가 지고 있었다.

초겨울의 산골이라 해가 지자, 어둠도 얼른 찾아들고 있었다. 어두워지기 시작하는 산골짜기를 김좌진 장군은 말을 타고 선두에서 달리었다.

그 뒤를 따라 장병들이 달리고 있었다. 도주하는 행동이었다.

"적이 골짜기로 도주 중."

일본군 척후의 보고였다.

"선두는 적 수령 김좌진임."

척후의 보고에 일군 사령부는 활기를 띠었다.

"추격."

"한 명도 도주를 허락지 말고 섬멸할 것."

정예부대가 골짜기, 김 장군이 빠져간 방향으로 추격을 개시했다.

정예부대의 뒤를 잇는 후속부대, 대부대의 동원이었다. 그러자 산 능선 위가 소란하면서 망지소조 어지럽게 도주하는 독립군의 모습이 일군 막사에서 바라보였다.

"산 위의 적도 도주 중이다."

"산으로 등반 도주 중인 적을 섬멸할 것."

도주 중이므로 독립군은 아무 저항도 하지 않았다.

골짜기로 추격하는 부대와는 다른 부대가 산으로 올라갔다.

일군이 능선에 도달할 무렵이었다.

능선에서 도주하던 독립군이 갑자기 산중턱으로 내리달렸다. 그러자 같은 무렵, 골짜기로 도주하던 독립군도 산중턱으로 방향을 바꾸었다.

벌써 날은 몹시 어두웠다. 움직이는 형체만 알 수 있을 뿐 색깔은 분간할 수 없었다.

골짜기에서 추격하던 일군은,

"산속으로 들어갔지?"

차라리 골짜기로 빠져 포위선 밖으로 나가지 않은 것을 다행으로 생각한 모양이었다.

산속을 향해 소사를 개시했다.

산 위의 일군도 중턱으로 내려간 적을 향해 불을 뿜기 시작했다.

골짜기와 산 위에서 올려 쏘고 내려 쏘는 것으로 그 사이에 들어 있는 독립군을 전멸시키려는 작전이었다. 그러나 산중턱으로 들어간 독립군은 그 자리에 머물렀거나 숨어 있은 것은 아니었다. 이내 서쪽으로 빠져 철퇴해 버렸던 것이다.

그것을 모르는 골짜기와 산 위의 일군 부대는 산 중심을 향해 총탄을 쏘아 대면서 서로 접근하고 있었다.

산 위에서 내려오면서 쏘는 총탄에 골짜기에서 중턱으로 올라가는 군인이 쓰러져 갔다.

"칙쇼오."

제 편이 쏜 것임을 몰랐다. 산속에 잠복 중인 독립군의 총탄으로 믿어 의심치 않았다. 적개심을 불러일으키면서 산중턱을 향해 방아쇠를 잡아당겼다.

산에서 내려오던 장병이 팍팍 쓰러졌다.

"요오시(보자)."

산 위와 골짜기에 대치해 제 편끼리 서로 욕지거리를 해가면서 적개심이 최고조에 달한 사격전을 전개하고 있었다. 어둠 속에서 쓰러지고 뒹굴고, 마녹구 고지는 일군과 일군끼리의 상잔(相殘)의 격전장으로 변해 버리고 말았다.

더욱 격전을 벌이게 된 것은, 일군의 그날의 암호기(暗號旗)인 백기(白旗)를 처음부터 독립군이 쓰고 있은 탓이었다.

골짜기에서와 산 위에서의 전략도주(戰略逃走) 때에 특히 일군의 눈에 띄도록 펄럭거린 것이 흰 깃발이었었다.

그걸 모르는 일군들은 위와 아래에서 서로 흰 깃발을 보았으면서도 그것을 독립군의 깃발로 확신하고 있었다.

"아직도 기가 보인다. 더 맹렬히 공격할 것."

그러나 마침내 일군도 최후의 돌격전에서 김좌진의 전략에 빠진 것을 알 수 있었다.

그러나 이미 때는 늦었다. 김좌진은 휘하 장병을 이끌고 벌써 일군의 포위선을 벗어나 안전지대에 들어서고 있었기 때문이었다.

10월 22일의 일.

이날의 전투에서 일군은 가노 연대장까지 천여 명의 전사자를 낸 대신 독립군 편의 사상자는 겨우 백여 명에 달했을 뿐이었다.

―이틀에 걸친 청산리 싸움이었다.

청산리 싸움의 총결산은 일군의 총동원 병력은 3개 여단, 독립군은 비전투원까지 합해 1천8백 명. 일본군의 사상자 총수는 3천3백여 명. 독립군의 손해는 전사 60명, 실종자 2백여 명이었다.

실종자들도 후에 본대로 돌아왔다.

8

홍범도, 안무의 부대가 이도구 남방 장사평(藏思坪) 부락에 도착한 것은 김좌진 부대가 청산리 전투에서 빛나는 전과를 올리고 철퇴한 다음 날이었다.

곧 일군 사령부가 있는 어랑촌으로 진격, 적군과 접전하려고 했다.

그러나 패전에 격분한 일군들이 부근 일대에 깔려 산과 들을 향해 맹포격을 가하고 있다는 정보였다.

더구나 눈이 무더기로 내리 쌓여 길이 막히고 있었다.

거기에 처음 김좌진 부대와 일군의 백운평 숲에서의 전투 때부터 부근 부락에서는 거의 집을 비우고 피난길을 떠나 텅 빈 동네도 있었다.

전투에 필요한 식량과 인력의 보급을 전혀 받을 수 없게 됐다.

그뿐이 아니었다. 복수심에 눈이 뒤집힌 일군 병사들이 빈 동네나 다름없는 부락들을 뒤지고, 집에 불을 지르면서 이도구 방면으로 나오고 있다는 정찰대의 보고였다.

"수색 소탕전인 것이다."

명월구를 출발할 때 국민회 간부와 임시정부 특파원 등 비전투원은 이미 하발령을 넘어 돈화현으로 북상시키고 말았다. 그 외에 군인 중에서도 일부는 편의(便衣)로 하발령을 넘어가게 했다.

피복의 준비가 미진했기 때문이었다. 그러므로 여기까지 진주한 것은 순 군인뿐, 그것도 2백 명 전후의 병력밖에 되지 않았다. 그런데다가 중화기는 없는 미약한 장비였다.

"그래도 싸워 봐야지."

"적은 3개 여단의 병력이오. 이 마당에서는 계란으로 바위를 때리는 격밖에 아니 되오."

"그렇더라도 총 한 방 못 쏴보고 철퇴를 하다니."

"호반으로서 나도 그것은 철천의 원한이오. 그러나 이 마당에서는……."

홍범도와 안무, 두 장군은 부관, 참모 등과 더불어 밀의를 계속하고 있었다. 교전하자는 의견은 홍범도의 열렬한 마음이었고, 철퇴하자는 것은 안무의 신중론.

북간도 91

"……장병을 잃게 된다는 것뿐이 아니오. 교전을 하게 된 뒤가 문제요. 근처의 동포들이 더 견디어 낼 수 없을 것이오. 혼춘의 일을 생각해 보시오 핑계가 없어 우리 동포 형제를……."

"알겠소"

마침내 안도현 경내로 들어가 재기의 기회를 마련하기로 의견을 모으게 됐다.

"……사세가 이렇게 돼서 전대원은 2, 30명씩 대를 지어 각 대가 개별적으로 북진하여 돈화현의 양서천자(凉水泉子)에 집결하도록……."

이정수는 이번에도 홍범도를 모시는 분대에 끼었다.

김경수를 이 분대에 끼도록 특별히 주선했다.

─이렇게 홍범도, 안무 부대는 한 명의 손해도 없이 철수작전에 고스란히 성공했다.

9

정수가 홍범도 부대로 간 뒤 임영애는 병원 일에 별로 신명이 나지 않았다. 함께 같은 병원에 있을 때에는 미처 그런 줄을 몰랐었다.

아버지들이 송아지동무라서 얼른 친해진 사이였다.

임군삼이의 딸이다.

창윤이 비봉촌을 떠난 뒤에 진식이와 전후해서 군삼이도 정든 곳을 뜨고 말았다. 짝패 친구들이 뜨고 난 뒤의 비봉촌은 견디기 어려웠기 때문이었다.

자리 잡은 곳이 샛노루바우[間獐岩]s, 용정에서 동북으로 20리 지점의 조그만 부락이었다.

예수교인들이 개간한 동네였다.

군삼이는 처음엔 그저 동네 사람들이 하는 대로 교회에 나가곤 했으나 차츰 신앙이 깊어지게 됐다.

비봉촌에서 들볶이고 시달림을 받던 때와는 달랐다. 부지런히 농사를 짓고, 그리고 교회에 나가 기도를 올리고, 찬송가를 부르고 성경을 읽고 목사의 설교를 듣고, 이러는 생활에서 군삼이는 마음의 안정이 가져짐을 깨달았다.

"모두 하나님의 뜻이니라."

일찍 비봉촌에서 이런 것을 깨달았다면 그 무지스러운 괴로움을 마음 편하게 견디었을 것이라고 뉘우쳐지는 심정이기도 했다.

깊어지는 신앙심이 권사를 지나 집사의 자리에까지 오르게 만들었다. 그러나 딸 영애의 신앙심은 더욱 순수하고 열렬했다.

여기 교회도 용정 영국덕이의 캐나다 선교부 관할 밑에 있었다. 가끔 찾아오곤 하는 영국인 선교사들이 임군삼이의 딸을 귀엽게 보았다.

교회에서 세운 소학교를 졸업한 뒤다. 영애는 촌에 묻혀 있고 싶지 않았다.

간호부가 되는 것이 소원이었다. 육신의 병으로 괴로움을 받는 사람들의 몸과 영혼을 어루만져 준다.

역시 순수한 꿈이었다.

선교사는 임영애의 순수한 염원을 쉽게 이루어 주었다. 간호부를 지망하는 아가씨가 드물었던 탓도 있었을 것이었다.

"임 간호."

제창병원의 보조간호원이 된 뒤, 얼마 지나지 않아 영애는 환자들 사이에서뿐 아니라, 병원 직원들로부터도 귀염을 받게 됐다.

정수가 주인태의 발령으로 병원에 기숙하면서 고학을 하게 된 것은 임 간호가 한창 귀염을 받게 될 무렵이었다.

아버지들이 송아지친구라서 얼른 친해졌고 만세 사건의 부상자를 치료하는 일로 마음이 통해졌었다.

가끔 둘만의 시간을 가지곤 했었다. 그러나 달콤한 대화 대신 이념의 대결이 화제이곤 했었다.

"실력행사만이 광복의 방법이다."

정수의 주장에 영애는 맞서곤 했었다.

"신앙이다."

"신앙심도 필요하다. 그러나 실력이 앞서지 않은 신앙심은 힘이 없다."

"신앙이 왜 힘이 없나?"

그러다가 정수의 입으로부터 영국인 선교사에게 회의를 품고 있는 듯한 말이 나오게 됐다.

주인태와 윤준희가 밀담하는 방의 망을 보아 주면서였던 것이다.

그날 밤, 말수 적은 정수가 흥분한 어조로 뇌인 한마디가 영애에게 쭉 머릿속에서 사라지지 않았다.

"모두 속임수야."

제 일은 제 손으로 해야 된다는 정수의 신념은 영애에게도 이해 안 되는 것은 아니었다.

그러나 우리를 도와주는 선교사마저 흘겨볼 것은 없다고 생각했다. 그것은 너무 옹졸하다.

"믿음이 모자라 오해를 하고 있는 걸게야."

그 후 만나서 이렇게 말하기도 했다.

"또 신앙이야?"

정수는 화가 난 듯이 뱉어 버렸었다.

그리고는 침울하게 지내다가 마침내 병원에서 사라지고 말았다. 영애한테도 아무 말이 없이……

처음에는 배반당한 듯한 허전함과 아픔이 느껴졌다. 그러나 차츰 정수의 마음이 이해되는 듯했다.

믿음이 없는 것이 아니다. 약한 것도 아니다. 종교에 앞선 것이 정수에게는 있다는 생각이었다.

나라와 겨레?

그러나 깊이 생각하면 복잡하기만 했다. 캐들어 갈 교양의 힘이 또 없었다.

그저 그리워지기만 했다.

그리고 일에 신명이 나지 않았다.

"임 간호, 몸이 불편한가?"

그러던 어느 날이었다. 정오 무렵, 검온할 체온계를 나눠 주느라 병실로 들어갈 때였다. 2층, 6호실 문을 노크하는데 복도로 뛰어 올라오면서 부르는 소리였다.

"임 간호."

간호장이었다.

"옛."

"큰일 났어. 얼른 집에 가봐요."

"집으로요?"

"놀라지 말아요. 아버지가 하누님 앞으로……."

"예옛?"

체온계를 담은 쟁반을 다른 간호원에게 맡기고 뛰어 내려오니 진찰실 앞 복도에 동생이 울상이 되어 서 있었다.

"뉘비야, 지애비 죽었어."

열네 살 되는 남동생은 용케 울음을 참으면서 말했다.

"무시라구?"

"토벌대가 와서 어른들으 예비당에 모아 놓구서……."

 10

아침 일곱 시 무렵이었다.

이집 저집 굴뚝에서 아침 연기가 오르기 시작할 때였다.

20여 명의 무장 일본군이 부락을 포위했다. 좁혀들면서 통역을 시켜 주민 전부를 예배당에 모이라고 명령했다.

이남박에 쌀을 일던 아낙, 우물에서 물을 푸던 아가씨, 마당을 쓸던 할아버지, 외양간의 거름을 져내던 청년들, 팽이를 돌리려던 아이들, 남녀노유 한 사람도 빠짐없이 예배당에 가지 않을 수 없었다.

좁은 예배당은 주민들로 콩나물시루가 되었다.

총칼을 꼬나든 병정들이 교회 주위를 경계하는 중에 안에서는 대장이 되는 듯한 자의 지시에 따라 노인과 부인네와 어린이들은 교회 밖으로 나가게 했다.

남겨진 사람은 20대에서 40대까지의 청장년 모두 31명이었다.

31명을 밧줄로 한 줄에 묶은 뒤 꿇어앉혔다.

그리고 쌓여 있는 조짚 노적가리를 헤쳐 예배당 안으로 날라 가득 채웠다. 그 짚단에 갖고 온 휘발유를 끼얹었다. 그리고 불을 질렀다.

삽시간에 예배당 안이 그냥 불도가니가 되고 말았다.

울부짖음.

저주를 담은 욕설과 비명.

아들의 이름을 부르는 소리도 들렸다.

어머니를 부르는 젊은이도 있고, 뛰어나오려는 사람도 있었다.

그러나 문을 밖으로 잠가 놓았다. 그뿐이 아니었다. 유리창을 깨고 윗몸을 내민 사람을 향해서는 지켜 있던 병정들이 놓치지 않고 발포해 쓰러뜨렸다.

돌려보낸 가족들을 근처에는 얼씬도 하지 못하게 했으므로 교회 안에서 들려 나오는 처절한 부르짖음은 그저 허공에서 사라질 뿐이었다.

부르짖음 대신 불꽃이 밖으로 번져 나왔다. 지붕 위로 뿜어 올라갔다. 교회당이 완전히 불에 싸였다.

일군은 옆의 학교에도 불을 질렀다. 민가 아홉 채에도 불을 놓았다. 예배당 모양으로 주민들을 부근에 얼씬거리지 못하게 했다.

학교와 민가가 화염에 싸인 것을 보고야,

"가에로(돌아가자)."

소풍에서 돌아가듯 용정으로 철수해 버렸다.

그제야 넋을 잃고 있던 살아남은 사람들이 통곡을 터뜨렸다.

영애 어머니가 겁에 질린 아들을 병원으로 보낸 것도 일군이 물러간 뒤의 일이었다. 동생으로부터 들은 간추린 사연이다.

영애가 동생을 데리고 샛노루바우로 뛰어갔을 때에는 겨우 아버지의 시체라고 짐작되는 것을 아직 연기가 나고 있는 불더미 속에서 가려 낸 뒤였다.

시체 31구가 고스란히 있었으나 모두 숯덩이처럼 되어 버렸다.

짚단에 휘발유를 뿌려 지른 불이라 여지없이 타버린 탓이었다.

누가 누군지 가려낼 수 없었다. 그저 내 아들이라 싶은 시체, 내 남편이라 싶은 주검을 각각 차지해 그나마도 매장할 엄두를 내고들 있었다.

다행히 군삼이의 시체에는 숯덩이로 된 등 뒤에 깔린 부분의 옷이 조금 남아 있었다.

며칠 전에 딸이 월급 탄 돈으로 사 보낸 면사(綿絲) 메리야스 내복을 입고 있었다. 그 조각이었던 것이다.

"딸 덕에 신식 내복으 입어 보구 올 동삼(겨울)에는 뜨뜻이 나기 됐다 문서 좋아하덩이……."

어머니의 말에 영애는 숯덩이 아버지 시체를 끌어안고 몸부림쳤다.

1920년 10월 30일의 일이었다. 청산리 싸움이 있은 지 8일 만인……

11

이틀 뒤였다. 11월 1일.

영애는 병원으로 돌아가지 않고 있었다.

아직도 복중(服中)이라서만이 아니었다.

어머니가 죽 먹지 못하고 몸져누워 있었다. 통곡도 제대로 못 하고 멍하니 얼빠진 사람처럼 맥을 잃고 누워 있는 어머니 옆을 차마 떠날 수 없었다. 그런 어머니를 위로하면서 간호하지 않아서는 안 되었다.

미음과 죽을 대접하면서 영애는 하나님에게 기도를 올렸다.

"주여, 우리를 버리시나이까?"

그러면서 아버지의 일을 회상하곤 했다.

단편적으로 떠올랐다.

노랑 수건 김 서방의 피살 사건 때 계사처에 잡혀 갔던 일은 영애가 세상에 태어나기 전이었다. 기억에서 떠오를 까닭이 없었다.

또렷한 것은 동복산 송덕비각 뒤의 살인 사건 때 일이었다. 여섯 살 때였을까? 대낮에도 도깨비가 나온다던 비각 뒤에서 일어났던 일이었다. 공포감과 함께 어린 두뇌에 깊이 박혀 있는지 모를 일이었다.

살인범을 잡아들여라, 못 하겠으면 곡식을 모아 바쳐라.

아버지가 분격하기도 하고 탄식하기도 했던 기억이 유난히 선명히 떠올랐다.

여기 이사 온 뒤, 교회에 열심이면서 안온한 생활을 즐기던 아버지. 그러나 마침내 비봉촌에서보다도 더 비참한 일을 당하고 말았다.

"주여, 아버지에게 무슨 죄가 있나이까?"

눈물에 젖어 목메게 기도를 올리고 있을 때였다.

"모두 나와."

"밖으로 나와."

호각 소리, 군화 소리, 말발굽 소리, 밖이 소란했다.

가슴이 철렁하면서 영애는 문틈으로 내다보았다.

누런 군복의 일본 병정 속에 일본 순사도 끼어 서성거리고 있었다.

"또 왔구나."

어머니는 심장이 뒤집히는 모양이었다.

"왜들 나오지 않느냐 말이야."

탕 탕 탕.

총소리도 들려 왔다.

이틀 전에 놀란 가슴들이었다. 남아 있는 건 노인과 부녀자들, 벌벌 떨면서 할머니와 부인네들이 나가지 않을 수 없었다. 그러지 않으면 그나마도 남아 있는 목숨과 집들이 결딴날 것이라 생각했기 때문이었다.

"안 나오는 집은 조사할 테니까 빼지 말고……."

어머니 대신 영애가 복을 입은 채 나갔다.

일군이 17명, 순사가 셋이었다. 그 중 한 순사가 조선말을 했다. 조선인 순사인 것이다.

조선인 순사가 하라는 대로 학교 불탄 자리로 이끌려 갔다. 앞뒤 좌우에서 군인이 총을 겨누면서 호송했다. 높은 데 대장인 듯한 일병이 올라섰다. 조선 순사가 통역을 했다.

"똑똑히 듣고 대답해야 한다. 거짓말을 하면 그저께 꼴이 된다. 묻겠는데, 그저께 후에 서양 선교사가 왔다 간 일이 없는가?"

50여 명의 할머니와 부녀자들이었다. 떨면서 서로 얼굴을 보았다.

"왜 얼른 대답이 없어?"

대장은 일본도 칼집으로 탁 땅을 짚으면서 소리를 질렀다.

"그런 일이 없습메다."

어느 할머니의 대답이었다.

"없습메다."

"없습메다."

"정말인가?"

"예, 없습메다."

"그럼 됐어. 똑똑히 들어야 해. 만약에 금후에라도 선교사 놈들이 와서 묻는 일이 있어도 아무 일도 없었다고 대답해야 한다 말이야. 만약에 그자들에게 일러바치는 사람 있다면 노인이고 여자고 아이들이고 상관 않겠다. 한 놈도 남기지 않고 그저께 꼴이 될 것을 각오해야 한다. 이 동네는 허허벌판이 될 거야. 고놈들은 독립군 대토벌의 성업(聖業)을 방해하는 악종들이다. 사진을 찍게 해서는 더욱 안 된다. 약속할 수 있는가?"

또 서로 얼굴을 볼 뿐이었다.

"죽고 싶은 모양이구나."

금줄 하나에 노랑 별 한 개의 견장을 붙인 대장은 또 볼기께 한 일본도 가죽 칼집을 탁 땅에 짚으면서 목소리를 높였다.

"약속하겠습메다."

겨우 군중 속에서 들리는 말이었다. 그러나 그랬을 뿐 아까처럼 뒤를 이어 호응하는 목소리가 들리지 않았다.

"안 되겠다."

대장의 눈이 살기로 번쩍거리고 있었다.

그럴밖에 없는 일이었다.

청산리 전투에서의 패전에 보복을 겸해 출동한 일본군은 간도 전역에 거친 대토벌작전을 펴고 있었다.

용정의 중앙학교(中央學校 : 보통학교의 개명) 교문에 '독립군 토벌군 사령부' 간판을 걸고 전 간도 방방곡곡의 부락을 뒤져 방화, 사살 등 갖은 잔악한 행동을 함부로 했다.

교회와 학교가 있는 곳엔 더욱 심했다. 교회와 학교는 독립군의 온상이고 밀의 장소요, 숙박소요, 그 동네는 군자금의 보급원이라고 보았기 때문일 게다.

미리 조사한 대장에 따라 새벽에 습격했다.

이미 김좌진 부대와 홍범도 부대가 안도현경으로의 철퇴로 무력으로는 텅 빈 간도였다.

아무런 저항도 하지 않는 부락들을 마음 놓고 짓밟았다.

청산리 패전부터 기사 관제를 하고 있는 일본군이었다.

학살의 진상을 보도했을 까닭이 없는 일이다.

세계에 알려지지 않고 있으니 여론의 공격을 받을 까닭도 없었다. 시비 한마디 듣지 않고 얼른 해치우자.

그러나 귀찮은 존재가 외국인 선교사였다. 교회에 방화했으니 그들의 신경을 자극하지 않을 수 없었다.

사건이 있은 이튿날이면 사진기를 메고 현장으로 달려가곤 했다. 견문기(見聞記)와 함께 찍은 사진을 본국으로 보낸다는 것이었다.

그것이 외국 신문에 나게 될 것이고……

축성(築城)의 장로교 선교사 마틴만도 36개 촌으로 돌아다녔다는 토벌군 사령부에의 보고였다.

미국인 마틴의 활약은 토벌군으로서는 반항해 오는 독립군에 못지않게 귀찮은 것이었다.

더구나 찰라바위(瓚控巴威) 부락에서의 학살상을 마틴이 조사하고 사진까지 찍었다고 한다. 알려지면 시끄럽지 않을 수 없었다.

역시 29일 새벽의 일이었다. 보병 1대가 습격했다. 교회를 중심한 부락을 포위했다. 산재한 짚더미 전부에 불을 질렀다. 남자면 노소를 가리지 않고 집에서 끌어냈다. 한군데 세워 놓고 사살했다. 즉석에서 절명되지 않은 자는 불더미 속에 집어던졌다. 집 안에서 이 광경을 보고 울부짖는 어머니, 아내들이 보이면 그 집에도 불을 질렀다. 부락 전체가 재가 된 것을 보고야 철수했다. 천황폐하의 만수무강을 외치면서……. 5일 후(11월 3일)면 천장절(天長節)이기 때문이었다. 천장절 축하 토벌이었던 것이다.

마틴은 부근 일대의 36개 부락에서 1백40여 명이 이와 비슷한 방법으로 참살 당했다는 사실을 알았고 그것을 증명할 사진도 여러 장 찍었다고 했다.

샛노루바우 부락에도 선교사가 올 것이다.

그들에게 사실을 알려서는 안 된다.

사건 이틀 뒤인 오늘 다시 찾아든 것은 살아 있는 노인과 아녀자들의 입을 틀어막기 위해서였던 것이다. 그리고 사진 찍을 재료를 없애기 위해서이기도 했다.

12

"약속 안 해도 좋아. 그 대신 이것만은 해야 한다. 안 하면 그때에는 또 생각이 있다."

작대기 하나에 별 하나인 새파랗게 젊은 대장은 눈에 살기를 띤 채 말을 이었다.

"주검을 파오란 말이야."

모두 귀를 의심했다. 조선 순사가 통역을 잘못했는가 싶었다.

그러나 그런 것이 아니었다.

"그저께 죽은 자들을 매장하지 않았느냐 말이야. 그 송장을 파오라는 거다."

아찔해지는 할머니, 다리가 휘춘휘춘해지는 아낙네.

"빨리, 빨리."

군중을 향해서 독촉하는 말만이 아니었다. 부하 군경에게 내리는 명령이기도 했다.

군경들이 착검한 총을 군중의 등 뒤에 대면서 앞세우고 공동묘지로 향했다.

일손이 없어, 겨우 흙을 덮어 놓은 데 지나지 않은 무덤이 쉽게 파헤쳐졌다. 숯덩이에 입혀 놓았던 수의가 그저께 입혀 놓은 대로였다.

묘지 옆의 움푹할싸 약간 넓은 곳이 있었다.

"여기다 쌓아 놓아라."

"짚을 날라 오너라."

"장작을 가져오너라."

모두 군경들의 총칼의 감시 밑에 꼼짝 반항도 못 했다.

휘발유 여러 초롱을 말 잔등에 싣고 왔었다. 시체 위에 수북이 덮어 놓은 짚과 장작더미에 아낌없이 뿌려졌다.

불이 당겨졌다.

검은 연기와 더불어 팡, 불이 붙기 시작했다.

벌써 주민들을 현장에서 마을로 쫓아 버리고 있었다. 그리고 현장에 접근 못 하도록 멀리서 역시 총검으로 막고 있었다.

숯덩이가 재가 되고 말았다. 그나마 형체도 없어지고 말았다. 재의 흔적도 남기지 않도록 모래와 흙을 덮었다.

그리고는 철수해 갔다.

'고꼬와 미꾸니노 난뱌꾸리, 하나레떼 도오꾸 만수유노(여기서 조국은 몇 만 리던가, 멀리 와보니 낯선 만주 땅)……'

군가를 높이 부르면서…….

—샛노루바우 이중 학살 사건이다.

독립군 토벌에 따른 양민학살 사건은 간도 지역에 국한된 것이 아니었다.

남만(南滿) 지방에서도 속출했다.

중화기로 장비한 보병 5백 명이 봉천을 떠나 무순을 거쳐 흥경에서 황신내(黃新內) 교회 간부 9명을 살해한 일—. 같은 흥경현 왕청문에서 11명의 예수교도인 농민을 살해한 사건. 통화현(通化縣)의 함창구(咸廠溝) 반랍배(半拉背)의 학교장 교감 등 7명이 수십 리 산중에 납치되었다가 밤중에 척살(刺殺)돼 구덩이 속에 버려진 사건 등 10월 말에 있었던 일들이었다.

토벌작전의 희생자 수는 2만 명을 기록하고 있었다.

13

용정, 오층대(五層臺) 거리의 삼성여관(三成旅館)에 서울서 온 손님이 투숙하고 있었다.

동아일보(東亞日報) 특파원, 장덕준(張德俊)이었다. 토벌에 따른 양민학살 사건의 진상을 보도하기 위해 파견되었었다.

증거를 인멸하기 위해 시체마저 태워 재를 만들어 버리는 따위 서투른 기교를 부렸으나 샛노루바우 사건도 찰라바위 사건과 더불어 이내 세상에 알려졌다. 병원으로 돌아간 영애가 눈물로 호소한 사실을 듣고 파커[朴傑]선교사는 훗다 선교사를 현지에 보냈다.

훗다와 마틴 등 현지의 선교사들이 본국 선교본부에 보고한 견문기가 곧 외국 신문에 널리 보도되었다. 일군의 토벌작전에 어두운 심정인 국내 사람들이었다. 그나마 김좌진, 홍범도 두 부대가 전과를 올렸다는 사실을 일 측의 에누리 많은 발표로 어렴풋이나마 짐작하고 있을 따름이었다. 그러나 그 후에는 총독부 발표마저 뜸했는데 외국 신문이 보여주는 선교사들의 사진까지 겹친 수기 기사였었다.

"양민을 학살한다."

3·1운동 직후에 부임한 사이도(齊藤實) 총독의 문화정책의 일환으로 조선일보(朝鮮日報)와 더불어 1920년 봄에 창간된 동아일보는 특파원을 보내 그 진상을 취재 보도하려고 했다.

장덕준은 먼저 총영사관을 방문했다.

"우리는 모르는 일, 토벌군 사령부에 가보시오."

"양민의 학살? 이해할 수 없는 일이오……. 종군(從軍)을 허가하겠소 우리가 어떻게 신중히 독립군과 양민을 가려 작전을 수행하고 있는가를 직접 보시오."

"좋소이다."

"여관에 가 기다리오. 종군에 필요한 것을 가지고 모시러 가겠소"

장덕준은 여관으로 돌아왔다. 여관에서 주민 유지들의 환영을 받으면서 최근 간도에서 벌어지고 있는 사태에 대한 호소를 듣기도 했다.

취재 수첩을 불룩하게 만들었다.

그리고 이튿날 이른 아침이었다.

"장 기자 있소?"

토벌군 사령부에서 보낸 병정이었다.

"예."

병정은 계급장만 없는 군복 외투와 모자, 구두 등 방한복을 주었다.

"얼른 입으시오."

지난밤 함께 여관에서 밝혀 가면서 이야기를 하던 지방 유지들이 보는 중에서 군복으로 바꿔 입었다. 대문 밖으로 나가니 군마 한 필이 안장을 진 채 대령하고 있었다.

"타시오."

'대접이 융숭한걸.'

생각하면서 장덕준은 말 잔등에 올라앉았다.

몹시 추운 날이었다. 1921년 1월 중순의 일.

방한복으로 차렸어도 추위가 옷 속에 스며드는 듯했다. 그러나 부푼 가슴이었다.

"조심해 다녀오십시오."

여관에서의 유지들의 전송을 받으면서 말을 몰았다. 군인도 말을 타고 장덕준을 해란강 쪽으로 인도했다. 해란강은 꽝꽝 얼어붙었다.

얼음 위를 건넜다.

말마꿉산 앞으로 군대가 행진하고 있는 게 보였다.

그 뒤를 따라가기 위해 군인의 말과 장덕준의 말은 그리로 머리를 돌렸다.

말마꿉산 앞에 가는 것이 뒤를 따라 나온 사람들의 눈에 보였다. 그러나 그 후에는 보이지 않았다. 그리고 장덕준은 다시 여관에 돌아오지 않았다.

동아일보사에서는 한 줄의 기사도 보내오지 않고 돌아오지도 않는 장 특파원의 안부를 여러 번 현지 영사관과 신문 지국(支局)에 물어 왔다. 그러나 행방을 알 수 없었다. 친동생 장덕수(張德秀) 기자가 현지에 급파됐다. 영사관에 물었다.

"군사령부에 가보라고 했던 것뿐이오."

군사령부에 갔다.

"토벌작전을 견학시키고 당일로 돌려보냈소"

장덕수는 형의 시체도 찾지 못했다.

자치도 안 돼

1

용정의 남쪽 변두리를 동서로 흘러, 해란강과 합류하는 강이 육도하(六道河)다. 육도하가 해란강과 합류하는 지점의 반 마장도 못 되는 곳에 다리가 걸려 있다. 토성포(土城堡)로 건너가는 다리였다.

용정 쪽 다릿목에 중국 순경 초소(哨所)가 있었다. 나무로 만든 조그만 막사(幕舍)에 지나지 않았다.

토성포, 수남촌(水南村), 수칠거우[水七溝] 등지로 내왕하는 사람을 검문하기 위한 곳, 이 지역은 중국 측 상부국(商埠局) 관내였다.

늦가을이었다. 그러나 벌써 추위가 그냥 겨울이었다. 쌀쌀한 날씨에 꾸물꾸물 눈이라도 뿌릴 것 같았.

저녁 무렵이었다. 학생 모자를 눌러쓴 청년이 검정 두루마기 옆구리에 두 손을 찔러 넣고 달음박질하다시피 다리를 건너오고 있었다. 강바람이 몹시 매웠던 모양이었다. 얼른 건너 거리에 들어서려는 생각에서 였을 것이었다.

막 다리를 벗어나 순경막 앞에 채 닿기 전이었다.

탕!

순경막에서 쏜 총이었다.

학생이 그 자리에 꺼꾸러졌다. 절명했다.

동흥(東興)중학교 3학년생이었다. 하학하고 돌아오던 길이었다. 최창락(崔昌洛)이다.

초소에는 순경이 둘이 있었다. 그 한 사람이 쏜 것이었다. 적적했던 모양이었다. 총을 가지고 장난하다가 실탄이 들어 있는 걸 잊어버리고 쏘아본 것이 바로 급소에 명중했었다.

2

"대낮에 용정 시내에서 사람을 쏴 죽이다니?"

"공부하고 집으로 돌아오는 학생이 무슨 죄가 있다고?"

"독립운동 한다고 죽이고 공부를 하고 집으로 돌아간다고 죽이고 이건 파리 목숨인가?"

지금은 1923년—.

일군의 토벌작전이 끝난 지도 2, 3년, 안도현경으로 넘어갔던 김좌진, 홍범도의 무장독립군도 각각 밀산(密山) 돈화현에 재집결했으나, 재기의 실력과 기회를 붙잡을 수 없어 눈물을 머금고 해산상태에 들어간 지도 그만큼의 세월이 흘렀다.

국민회와 군정서의 영향 밑에 있던 농민들은 물론 과거에 총을 멨거나 비전투원이었던 독립운동자들도 일본 영사관의 유화 포섭 정책으로 각 방면에서 생업에 정려하고 있었다.

그랬다고 독립운동이 근절된 것은 아니었다. 지하로 깊숙이 파고들어가 있었다. 무력항쟁의 시기는 이미 지나가고 있었다.

이렇고 보니 전반적으로 독립군 때문에 생기는 소란과 시달림은 드물었고 표면상 평온하달 수밖에 없었다.

그러나 그 대신 무지한 중국 관헌이 농촌에서 부리는 행패는 여전했다.

정부와 군단(軍團)에서 지시하는 것은 물론 아니었다. 말단 관헌들이 함부로 하는 일, 탐관오리의 부패상이었다. 영사관에서 먼 지방 산촌이면 더욱 심했다.

큰 파도가 지나간 뒤의 잔파도라고 할까?

그랬는데 백주에 용정 시내에서 하학 길에 있는 학생이 이유 없이 총살당했다.

그뿐이 아니었다. 일본 관동 대진재로 재일교포가 수없이 살상되었다는 소식이 날아 들어오고 있을 무렵이었다.

주민들이 격분하지 않을 수 없는 일이었다.

"죄 없는 학생을 왜 죽였나?"

"영사관은 뭘 하는 거냐?"

곧 시민대회가 열렸다. 중국인들의 모임인 상무회(商務會) 청사 앞 광장에서였다.

분격에 넘치는 연설들.

억울한 부르짖음.

우선 5명의 대책위원이 선출됐다.

장현도도 그 중의 한 사람이었다. 벌써 용정의 상계에서 무시 못 할 존재였었고, 유지의 한 사람이 되고 말았다.

이튿날은 공회당에서 2차 시민대회가 열렸다.

어제보다 더 많은 시민들로 만원을 이루고 있었다. 그러나 영사관과 상부국 경관들이 무장을 갖추고 회장 주위를 포위하고 삼엄한 경계망을 펴고 있었다.

그런 중에서 회는 진행되었다. 임석 경관의 '주의', '중지'와 싸워 가면서 연사들은 중국 측과 영사관 측을 함께 공박했다.

"옳소!"

"찬성이오!"

박수와 아우성 속에,

1. 최창락의 장례는 전 간도 조선인의 이름으로 사회장으로 지낼 것.
1. 전 간도 조선인은 보호 능력이 없는 일본의 국적(國籍)에서 탈퇴하여 독자적으로 사법행정을 할 것.

두 가지를 결의했다.

위원회는 결의안을 가지고 총영사관에 교섭했다.

탈적 문제는 추후 검토하기로 하자 하고, 사회장은 '어서 하시오'였었다.

온건한 현도도 토벌군의 양민학살과 중국 군경의 행패에는 의분을 느끼지 않을 수 없었다.

그랬는데 대회장에서의 중의가 탈적 문제를 결의하고 말았다.

그것이 당연한 해결책의 하나가 아닐까. 흥분 속에 군중들과 함께 생각했다.

연설은 잘 하지 못한다. 그 대신 현도는 최창락 사회장의 비용을 적지 않게 내던졌다.

이럭저럭 5일장이 되고 말았다. 사회장날은 유난히도 맵짠 날씨였다. 영결식장인 해란 강변엔 모래가 날리도록 바람이 불고 있었다.

각계각층이 보낸 만사 수백 장이 휘날리는 속에 안치된 영구 앞에 애끓는 조사가 낭독되었다.

시민들이 모래펄을 메웠다. 부녀자들은 흐느껴 울었다.

영사, 상부국장, 각급 학교장, 각 기관장들도 참석했다.

식이 끝난 뒤의 긴 장렬(葬列)—.

모두 억울하게 죽은 사람들의 장례를 대표해 받는 것이라고 할까?

3

"조선 동포 여러분들의 뜻을 잘 알았소이다."

현시달 경부가 사임한 뒤에 북간도 치안을 홀로 책임지고 있는 스에마쯔(末松) 경시의 미남형 얼굴이 웃음을 띠면서 시민대회에서 뽑힌 대책위원들에게 말했다.

대책위원 중에서 다섯 명이 탈적 문제로 스에마쯔를 찾아온 것이다.

스에마쯔는 현도를 보면서,

"총영사께서도 십분 이해하고 있구요"

조선인 상무회의 부회장이기도 하고, 중앙학교 학부형 회장도 지낸 장현도는 일본 측에 경찰 출신이나 관리 출신이 아닌 토박이로서 온건한 사람이라고 신임을 받고 있었다.

"모두 죠상(張氏) 절반만 돼도……."

애를 먹지 않겠노라고, 그들끼리 이야기하곤 했었다.

교섭 대표로 장현도를 뽑은 것은 요구로서보다도 외교의 방법을 쓰자는 속심에서였다.

현도뿐이 아니었다. 나머지 두 사람도 스에마쯔의 말에 귀가 솔깃했다.

그러나 부드럽던 미남 경시의 얼굴이 굳어지더니 무겁게 말했다.

"그런데 탈적이라는 것을 생각해 보시오 쉬운 일이겠는가, 아니 가능한 일이겠는가. 이런 예를 드는 걸 언짢게 생각지 마시오. 적절한 예가 없어서 하는 말인데, 그것은 호랑이가 있다고 합시다. 그 호랑이가 호랑이 족속에서 탈퇴하겠다 하고, 그 말대로 탈퇴했다고 합시다. 그랬다고 호랑이 아니겠소이까? 호랑이는 탈퇴해도 호랑이인 것입니다. 여러분의 탈적 문제도 마찬가지외다. 설령 탈적이 된대도 대일본제국 신민인 것을 면할 수 없고, 면할 수 있다손 치더라도 그 문제는 의회(議會)의 의결을 얻어야 될 것이고 황공하옵게도 천황폐하의 어재가를 우러러 받들어서야 비로소 이루어지는 일입니다."

강유(剛柔)를 겸하고 비책, 묘방으로 만세 사건 때부터 독립군 잡기로 이름을 날리고 있는 스에마쯔 경시다.

이렇게 나오는 데는 대표도 이내 입을 열 수 없었다.

"……그러니까, 요컨대 탈적 문제라는 것은 상식상, 있을 수 없는 일이니 아예 단념하는 게 좋을 줄로 알고 있소"

"잘 들었습니다. 그러나……."

교양이 부족하고 서투른 일본말이 오히려 진실하다고 신뢰를 받는 장현도가 서투른 말을 채 끄집어내기도 전이었다.

"잠깐만……."

하고 나서 스에마쯔는 다시 부드러운 표정으로 변했다.

"아마 여러분들은 자치(自治)를 탈적과 혼동하고 있지 않은지 모르겠소. 자치라면 학교 다니는 아이들도 하고 있는 일이오. 담임선생을 번거롭게 하지 않고 저희끼리 학급 일을 곧잘 해나가더군요. 어른들이 못 할 게 뭐겠소"

"자치라면 허락할 수 있다는 말씀입니까?"

현도 아닌 다른 대표가 물었다.

"모르기는 하겠으나 그런 거라면 스즈끼(鈴木) 총영사께서도 고려하실 겁니다."

대표들은 서로 말없이 얼굴을 보다가,

"사법, 행정 모두 자치로 할 수 있을까요?"

한 사람이 물었다.

"하하, 지금 민회(民會)에서 하구 있지 않우? 그걸 더 강력히 해나가면 되는 것이오."

조선인민회(朝鮮人民會)는 토벌작전을 벌이는 한편 뿌리 뽑힌 국민회와 군정서 관하의 주민들을 회유 포섭하는 것을 목적으로 조직된 것이었다.

토벌 후에는 민회가 국민회가 교민회 당시부터 하던 것처럼 조선인 상대의 행정사무도 다루고 있었다.

부가금(附加金)이라는 명목으로 세금을 받아들여 경비를 써가면서 오물을 쳐가는 일까지 일체를 맡아 하고 있었다. 국내의 면사무소 같은 것이랄까?

북간도 전역에 18민회가 있었다. 그러나 출발이 독립운동의 억압을 목적으로 영사관이 만든 조직이라, 회장을 위시해 간부는 경찰이나 관리 출신의 친일파들이었다.

그걸 일반은 께름칙하게 여기고 있었다.

그 민회를 확대 강화한다?

대표들은 돌아와서 스에마쯔와의 회담 경위를 전체 대표들에게 전했다.

논란이 많았다.

"민회와 다를 게 뭐냐?"

"독립이나 탈적뿐이다. 그들의 승낙하의 자치란 있을 수 없다. 학교 아이들의 자치와 비교해? 집어치워라."

반대파의 의견이었다.

"전반적인 무력항쟁의 시기는 지나갔다. 물론 미적지근한 일이다. 그러나 실제 문제로 생활의 안정을 얻어야겠다. 주민들의 자유의사로 뽑은 지도자와 간부를 모시고 자치로 살림을 꾸려 나가 보자."

찬성하는 의견이었다.

"그렇더라도 일본 측의 이해만으로는 안 된다. 중국 측이 응해야 한다."

연길 도윤에게 대표가 파송됐다. 여긴 과거 국민회 계통으로 중국 측에 얼굴이 두터운 사람이 뽑혔다.

"뜻을 잘 알겠습니다."

도윤 도빈(陶彬)은 머리를 끄덕이고 나서,

"일본 측에서 좋다면 우리도 좋습니다. 길림성장(吉林省長)도 찬성일 겁니다. 재가가 내리는 대로 알려 드리지요."

중국 측에서는 민회를 처음부터 배격했다.

일본 영사관의 주구(走狗)단체라고 규정짓기도 하고 비밀결사라고 탄압도 했다.

도시에서는 그렇지 못했으나 영사관 경찰의 힘이 못 미치는 곳에서 중국 관헌이 민회를 대하는 태도는 가혹까지 했다.

일본 영사관의 앞잡이라는 점에서 뿐만이 아니었다.

행정사무를 다루는 일에도 불평불만이 가득했다. 더구나 출생신고와 사망신고를 민회에 하도록 되어 있는 것은 개방지 이외에서는 불법이라는 원칙을 내세우고 있었다. 자신들의 권리를 빼앗기는 것이기 때문이었다.

"민회를 해체하라."

"우리로서는 그 존재를 인정할 수 없다."

때로는 군경을 동원시켜 사무실을 부수는 일도 있었으나, 일경의 뒷받침이 있는 민회는 더 자라 가고 더 깊이 뿌리를 박아 가고 있을 뿐이었다.

그런 민회 대신 다른 조직체가 생긴다고 한다.

그리고 그 단체의 간부가 과거의 독립운동자들, 오래전부터 친면이 두터운 사람들인 모양이다.

민회 때문에 빼앗겼던 조선사람을 중국 측에 돌이킬 수 있을 것이다.

연길 도윤이 이내 머리를 끄덕인 것은 이 때문일 것이었다.

"고맙습니다."

대표들은 활기를 띠지 않을 수 없었다.

영사관과 더불어 중국 측 당국의 양해를 쉽게 얻은 것이 꿈 같은 일이기도 했다.

곧 자치제 실시의 준비사무에 착수했다.

"해보자!"

우선 18민회 연합대회를 용정에서 열었다.

민회는 해산할 것,

자치단체의 명칭을 민단(民團)이라고 할 것, 용정에 본부를 두고 18민회 소재지에 분단을 두어 중앙집권제로 일원화할 것, 영사관과 도윤공서와의 연락은 민단 본부에 일임할 것.

간도 4현(縣)에서 과거 독립운동의 경력이 뚜렷했거나 인망과 능력이 있는 사람을 결성 준비위원으로 뽑았다. 한상우(韓相愚), 김정기(金正基), 정재면 등 10여 명이었다.

민단결성 준비사무소를 용정에 두었다.

그리고 결단 준비를 착착 진행하고 있었다.

기구조직안, 세제법안, 치안기관, 재판제도 등등의 마련으로 주야를 가리지 않고 서두르고 있을 때였다.

"얼루거우[二道溝] 예수촌에서 일본 순사가 농민을 사살했다."

준비위원회에 들어온 이도구 민회에서의 보고였다.

4

"또……."

그러나 이번에는 최창락의 경우와는 다르다. 가해자가 일본인 순사이기 때문이다.

민단결단 준비위원회서뿐만이 아니었다. 주민들도 충격을 받았다.

그러나 충격을 받은 건 준비위원회나 주민들뿐이 아니었다. 영사관도 그랬고 중국 측 관헌들은 눈을 날카롭게 뜨고 사건의 추이를 주목했다. 전번 사건에 면목을 잃은 그들이었기 때문이다.

"이번엔 조선사람들이 어떻게 나오나?"

민단 측에서는 우선 조사단을 파견해 그 보고에 따라, 최창락의 경우처럼 사회장으로 장례를 지내는 동시에 3일간 철시(撤市)하기로 했다.

조사단이 파견됐다. 민단 간부와 동아, 조선, 두 신문 지국장 등 다섯 명이었다. 현도도 그 중의 한 사람이었다.

비밀히 파견된 일이었으나, 영사관 경찰은 조사단을 미행하고 현지에서는 그 행동을 감시했다.

이도구 여관에서는 옆방에 형사가 자면서 지키고 조사를 방해하곤 했다.

조사단은 새벽에 여관에서 한 사람 한 사람 형사 몰래 빠져 나갔다.

사건 발생 부락으로 갔다.

이도구 시가에서 서북으로 15리 떨어진 곳, 속칭 예수촌이라고들 했다.

교회당이 높이 솟은 둘레에 30~40호의 집이 뭉쳐져 있다. 멀지 않은 곳에 백여 가옥이 여기저기 산재해 있고 예배당 앞에는 냇물이 흐르고 북편을 둘러싼 구릉에는 지금은 잎이 떨어졌으나 제철에는 숲이 울창했을 나무들이 빽빽했다.

조그마하나 아늑한 분위기가 감돌고 있는 부락이었다.

주민들로부터 사건 당시의 생생한 목격담을 들을 수 있었다.

현장도 자세히 검증했다.

—일요일이었다.

교회에서는 예배가 진행 중이었다. 예배 보던 김춘택(金春澤)은 불리어 예배당 밖으로 갔다.

정복 한 일경과 사복한 조선 순사가 김(金)을 둔장(屯長 : 里長) 집으로 데리고 갔다.

마루에 앉아 순사들은 김에게 여러 가지를 물었다. 그 부락에서 일어난, 개인 간의 분쟁 사건에 대해 참고 심문을 한 모양이었다.

김은 아는 대로 대답했다.

일단 말이 끝난 뒤였다. 김은 마루에서 마당 구석에 있는 우물에 물 먹으러 갔다.

우물에 채 닿기도 전이었다. 일본 순사가 김의 등 뒤에 명중탄을 쏘았다. 즉석에서 절명했다. 마루에서 피살된 지점까지 불과 20미터의 거리였다.

사건 경위였다.

조사단은 증언한 사람의 이름을 적었다. 현장의 약도까지 그려 넣었다.

단신이기에 유족이 없었다.

곧 이도구 영사 분관을 찾았다.

경찰서 주임에게 살인범 면회와 시체 인도를 요구했다.

"시체는 해부키 위해 이도구 영사관으로 보냈고 범인도 함께 이송했다."

이도구 영사관으로 갔다. 영사를 면회했다.

"범인은 용정 총영사관에 압송했고, 시체는 총영사의 지시 없이는 인도할 수 없다."

곧 용정으로 돌아오지 않을 수 없었다. 총영사와 담판해야 하기 때문이었다.

용정에 들어섰을 때였다.

해란 강변 길목에 영사관 형사들이 기다리고 있었다.

"돌아들 오시오?"

"예."

"스에마쯔 부장께서 선생님들을 모시고 오라고 해서……."

조사단은 영사관 경찰서로 연행되었다.

"죠상도 갔었소?"

경시의 정복을 단정히 차린 스에마쯔의 표정은 처음부터 굳어져 있었다. 그런 표정으로 현도를 보고 말했다.

"예."

'심상치 않구나.'

생각하면서 현도는 대답했다.

"조사 수고했소"

스에마쯔는 조사 위원들의 그동안 면도도 못한 거칠어진 얼굴을 둘러

보면서 말했다. 비꼬는 것 같은 어조라고 현도는 들었다.

아무 대꾸도 없으려니,

"조사 결과가 어떻더랬소?"

스에마쯔의 시선이 날카로워지면서 목소리가 카랑했다.

"무고한 양민을 이유 없이 총살한 거였소"

긴장되면서도 위원 중의 한 사람이 잘라 말했다.

"이유 없이 총살?"

"예."

"총으로 쏜 건 사실이오. 그리고 죽은 것도 사실이오 그런데 어쩌라는 거요?"

"범인을 엄단하고……"

"잠깐만……. 만약…… 미친 사람이 있어 칼을 휘두르다가 사람을 상했다면 어쩔 터이오?"

"미친 사람이오?"

"가해 경관은 순간 정신착란을 일으켰다는 사실이 정신 감정 끝에 밝혀졌소"

"그걸 믿을 수 없소"

"뭐요?"

스에마쯔의 눈이 다시 날카로워졌으나, 이내 억지로 목소리를 부드럽혀 물었다.

"그럼 앞으로 어떡할 작정이오?"

"우선 전체 위원회에 보고하고 시민대회를 열 생각이오"

"시민대회? 허가 않을 방침이오."

"그거 무슨 이윤가요?"

"허가 않겠소"

"지금 중국 측은 최창락 사건 때와 비교해 조선사람들이 어쩌나 주시하고 있소. 우리가 자치 문제를 원만히 해결해 실천에 옮기려면, 이번 사건도 최창락 사건 때와 꼭 같이 다루어야 균형과 공평을 잃지 않는 걸로 알고 있소"

"어떻게 하는 게 균형이고 공평이오?"

"우선, 사회장을 해야 하오."

"거 안 되오."

"옛?"

"자치제도 안 되오."

스에마쯔의 얼굴에 살기가 서렸다.

"그건?"

"민단도 해산시킬 방침이오."

위원단에서 입을 열지 못하다가,

"경찰부장의 개인 의견이오?"

대들었다.

"아니오, 정부의 방침이오."

"이유가 뭔지 알으켜 주시오."

"좋소 이유는 간단하오. 자치제를 조선사람들이 독립으로 오해하는 경향이 있소. 그것은 무서운 일이오 일본 정부로서는 도무지 그걸 용서할 수 없소 불평이 있소? 있으면 말해 보오."

스에마쯔나 스즈끼 총영사가 생각한 조선인의 자치는 보통학교에서 아이들이 소제 당번을 저희끼리 정하고, 학급 일지를 저희 힘으로 쓰고, 자습 시간을 저희끼리 운영하는 정도의 가벼운 것이었다. 그런 점이라면 민회의 강화밖에 되지 않는다.

더구나 중국 측의 양해하에 민단이 발족한다면, 조선인과 중국인 사이의 사건이 생기는 경우 직접 중국 측과 눈을 붉히지 않더라도 뒤에 앉아 얼마든지 국책에 이롭게 조종할 수 있을 거다.

그뿐이 아니었다. 은근히 중국 측에 기울어지고 있는 조선사람을 거기서 이반 시키는 구실로 할 수 있다고 계산했었다.

그러나 민단준비위원회의 간부 명단만 보더라도 그들이 신뢰하는 친일파는 제거되어 있고, 겨우 장현도 정도의 온건한 분자 외에는 모두 과거의 독립운동자요, 그것도 간부급들이었다.

그런데다가 김춘택 사건에 대처하는 태도가 오히려 최창락 사건 때보다 더 기승을 부리고 있다고 보았다.

"독립군을 키우는 것밖에 안 돼."

총영사를 통해 본국의 외무성(外務省)에까지 상신했던 방침을 갑자기 철회하지 않아서는 안 되었다.

"독립으로 오해하다니?"

뜨끔하면서도 대표의 한 사람이 말했다.

"우선 사회장만은 허가해 줘야겠소"

장례에 모인 군중에게 영사관의 번의(飜意)를 알려 장렬을 시위행렬로 바꾸려는 속셈이었다.

"안 되오"

"친척도 없는 사람이오. 오히려 최창락보다 더 가련하오"

"안 되오. 장례는 영사관에서 잘 치러 주겠으니 걱정 마오."

"그래두―."

"최창락, 최창락 하지마는, 그때는 외국인에게 피살된 경우요 사회장도 필요하고 성대한 장례도 필요했소 중국 측에 본때를 보여주기 위해서 말이오 그러나 이번엔 같은 대일본제국 신민끼리요. 무슨 까닭에 사건을 크게 만들자는 거요? 중국 측에 보이자는 거요? 그렇지 않으면, 당신네들이 일본제국에 반항한다는 표신가? 물러가오 안 가면 구속할 테야."

스에마쯔는 주먹으로 테이블을 치고 발까지 굴렀다.

"으음―."

대표들은 스에마쯔의 방에서 나오지 않을 수 없었다.

"아무 일도 못 하겠다."

현도는 그저 장사에나 열중해야겠다고 생각했다.

제 발로 걸어서

1

조회 시간이었다.

체조가 끝났다. 체조 선생이 단에서 내렸다. 다른 선생이 단에 올라갔다. 키가 호리호리하고 칼칼하게 생긴 젊은 선생이었다.

체조를 하기 위해 널리 퍼졌던 학생들이 다 가까이 모아 정렬하고 있었다. 정렬이 끝난 뒤였다.

"혁명일독(革命日讀)!"

단 위의 선생의 입에서 높게 발음됐다.

"혁명일독!"

아이들이 일제히 복창했다.

"너희들은 어느 나라 사람인가?"

선생의 물음이었다.

"중국인-."

학생이 함께 대답했다.

"너희들은 어느 성(省) 사람이냐?"

"봉천성(奉天省) 사람."

"너희들은 산동을 사랑하는가?"

"산동을 사랑한다."

"너희들은 중국을 사랑하는가?"

"중국을 사랑한다."

"산동의 최대의 원수는 누구냐?"

"일본인."

"한국, 유구(琉球), 대만(臺灣)은 원래 누구의 것이냐?"

"중국의 것."

"현재 한국, 대만, 유구는 누구한테 빼앗겼느냐?"

"일본인에게."

"여순구(旅順口), 대련만(大連灣)은 어디 있는가?"

"봉천성에."

"누구에게 강탈당했는가?"

"일본인에."

"21개조를 제출하여 우리 중국을 멸망시키려고 한 것은 누구냐?"

"일본인."

21개 조약 이후 중국사람들은 배일교육에 주력하고 있었다. 혁명일독의 제창은 그 하나였다.

묻는 선생의 목소리도 힘찼으나 대답하는 학생들의 한데 뭉친 목소리는 교사 건물을 뒤흔들듯 우렁찼다. 대답하는 건 학생들만이 아니었다.

선생들도 아이들과 함께 소리를 지르고 있었다.

"일본인."

정수도 중국인 선생들과 함께 소리를 질렀다.

청산리에서 돈화현 양수천자로 무사히 갔으나, 군대가 해산의 비운에 빠진 뒤엔 곧 간도로 돌아갈 수 없는 일, 동삼성 일대를 발이 닿는 대로 방랑했다.

길림성을 벗어나 남만인 봉천성 내에 들어온 것은 2년 전.

봉천성 관내의 집안(輯安), 임강(臨江), 환인(桓仁), 관전(寬甸), 봉성(鳳城), 통화(通化) 등 각 현은 압록강 연변으로, 일대를 동변도(東邊道)라 부른다. 압록강을 넘어온 조선사람들이 적지 않게 살고 있었다.

정수는 간도 지방과 여러 가지로 성격이 같은 이 지대를 천천히 살피고 다녔다.

조선사람의 부락을 찾아다니다가 이곳 집안현 대양차구(大陽岔口)에 도착한 것은 작년 가을이었다.

이곳에는 중국인이 경영하는 소학교가 있을 뿐, 아직 조선사람 학교는 없었다.

조선 어린이들도 중국 학교에 보내지 않아서는 안 되었다.

그 학교에 마침 조선어 선생이 결원이었다. 정수는 쉽게 그 학교에 취직이 될 수 있었다.

부임 인사하던 날, 처음으로 '혁명일독' 문답 광경에 접하고 정수는 눈물이 핑 돈 일이 있었다.

지금은 그런 감동을 불러일으키지는 않으나, 중국인의 끈덕진 배일

교육에는 감탄하지 않을 수 없었다. 그리고 자신도 중국인인 듯, 일본인이라고 대답할 대목에선 뱃속에서 나오는 목소리로 외치곤 했다.

오늘도 그것이었다. 긴 문답이었으나 무슨 경전의 주문처럼, 묻고 대답하는 사이에 흥분해지는 모양이었다.

점점 목소리들이 높아지고 힘차지고 있었다.

"일본인은 오래전부터 산동과 동삼성을 점령하고 있는데 너희들 그것을 알았는가?"

"알았다."

"우리들은 일본의 침략에 대해 어떻게 해야 하겠는가?"

"일본군을 타도한다."

"너희들은 어떤 방법으로 그들을 타도하려고 하는가?"

"우리들은 공부를 열심히 하여 혁명에 노력한다."

"그 이외의 방법은 없는가?"

"죽어도 일본 물건을 사지 말고 죽어도 일본인에게 양식을 팔지 않을 것을 맹세한다."

"너희들의 타도 일본은 일시적인 태도인가?"

"견인지구(堅忍持久)."

"일본인의 인구는 얼만가?"

"5천만에 지나지 않는다."

"중국인은 일본인에 비해 얼만가?"

"수배."

"중국의 토지는 일본과 비하면?"

"20배."

"일본의 인구는 많지 않고 토지도 적다. 그래도 너희들은 두려워하겠는가?"

"두려워하지 않는다."

"일본을 타도하고 중국을 위해 설욕할 것을 너희들에게 당부한다. 알았는가?"

"알았다. 1분 1초인들 잊지 않겠다."

"끝."

단 위의 선생이 내려왔다.

교장이 올라갔다.

"……오늘은 왜 우리가 일본 물건을 사서는 안 된다는 것에 대해 이야기하겠다……."

훈화의 주제가 일화배척이었던 모양이었다.

교장은 아이들이 알아듣기 쉽게 이야기를 하고 있었다.

이솝의 우화(寓話)를 예로 들어가면서 나긋나긋하게 들려주는 이야기에 정수도 귀를 기울이고 있을 때였다.

"진(金) 센성."

여기서 정수는 김일(金一)로 변명하고 있었다. 주(周) 선생이, 조심스레 옆에 와서 정수의 귀에 대고 하는 말이었다.

"예!"

"나 좀 봅시다."

교감이었다.

교감은 정수를 데리고 조용한 교사 모퉁이로 갔다.

심각한 얼굴로 주 선생은 은근히 말했다.

"선생님, 조심해야겠습니다."

"옛?"

"출근하던 길에 들러 달라고 해서, 공안국(公安局)에 들렀는데……."

말하기 무척 힘이 든다는 듯이 멈췄다가 역시 낮은 목소리로 말했다.

"학교에 한인 독립군이 없느냐고 묻거든요. 없다고 한마디로 대답했더니 왜 없어, 김일이란 선생이 있지 않느냐고 역습해요. 계시지마는 그분은 독립운동자가 아니고 우리 학교 한어 교사외다 했지요. 한어를 가르치지마는 뚤리빙[獨立兵]인 줄 알고 있는데…… 하고는 그런 사람 학교에 있으면 재미없다고 하는 품이 심상치 않습디다."

"그래요?"

"못 들었습니까?"

"무얼요?"

"얼마 전에 새로 맺은 협정 말입니다."

정수는 주 선생이 눈치 채지 않게 숨을 깊게 들이마셨다가 천천히 내쉬면서 말했다.

"총독부 경무국장과 봉천 정부 경무처장과 맺은 것 말입니까?"

"예."

정수의 얼굴이 심각해졌다. 입을 다물고 말았다. 그 대신 주 선생이 말을 이었다.

"그것 때문인 모양입니다."

2

 간도 토벌로 북간도 지역은 일본 측의 눈으로 보아 안정되고 있다고 생각했다. 그리고 그것은 사실이기도 했다. 적어도 전처럼 독립운동자의 군사행동은 이 지역에서 자취를 감춘 셈이기 때문이었다.
 일본인들은 마음을 놓고 북간도 지방에의 경제적인 침투에 여념이 없었다.
 1923년 10월 상삼봉(上三峰) 대안 개산둔(開山屯)에서 용정까지, 다음해 10월에 용정에서 노투거우 사이, 조양천(朝陽川)에서 연길까지의 경편철도(輕便鐵道)의 개통을 비롯해 도로 등 교통기관을 확충 정비했다.
 정비된 교통기관을 이용하는 곡물무역을 위시해 노투거우의 탄광, 천보산 광산의 개발 확장 등 빈틈이 없었다.
 마차가 유일한 교통기관이었고 말 잔등에 돈을 싣고 가는 도중에서 독립군에게 빼앗겼다는 사실은 2~3년 전의 일이나 이젠 옛이야기가 되어 버렸다.
 "부정선인이 없는 간도는 낙원이다."
 대소 도시에서의 일본인의 경기는 이런 말이 나옴 직하게 만들었다.
 고급 요정이 들어오고, 죠로야(女郞屋 : 公娼業)도 화려해 잠깐 다녀가는 사람의 객고도 풀어 주었다.
 신사를 지어 참배도 하고, '왓샤, 왓샤' 제전날이면 수건을 질끈 동이고 미쳐 날뛰는 소동도 마음대로 부릴 수 있었다.
 겨울에 약간 추운 게 흠이나, 장작이 흔하겠다, 그것보다 노투거우 탄광의 석탄은 질이 좋아, 화력이 무척 셌다.

외풍이 무어냐 싶은 따뜻한 방에서 오히려 겨울은 즐길 맛이 있었다.

중국 요리는 맛있고, 청진에서 얼음에 채워 들여오는 동해의 생선은 구미를 돋우어 준다.

그러나 그랬다고 만주에서의 독립운동이 근절된 것은 아니었다. 근거지가 옮겨졌을 뿐이었다. 북만(北滿)과 남만(南滿)으로.

밀산(密山) 등지에서의 무장운동은 한때 중국군과의 합작전술도 써보았으나 분열이 되어 버렸고, 오직 남만의 봉천성, 동부인 압록강 대안 지방에서의 움직임이 활발했다.

북만의 운동은 대수롭지 않다고 일본 측은 본 모양이었다.

조선사람이 많이 살지 않는다.

조선과 인접해 있지 않다.

북간도 지방이 평정된 이상 겁낼 것이 없다.

이런 견해인지도 모를 일이었다.

그러나 압록강 대안 지방은 인접지라는 점에 신경을 곤두세우지 않을 수 없게 만든 모양이었다.

거기에 국내에는 폭탄 사건 등 개인행동이 연이어 일어나고 있었다.

1921년 의열단원(義熱團員) 김익상(金益相)이 폭탄 두 개를 가지고 북경에서 경성에 잠입, 사이도오 총독 암살 목적으로 총독부 청사에 폭탄 두 개를 던졌으나 미수된 사건을 비롯해, 김시현(金始顯)의 폭탄밀수 사건, 1923년 1월의 김상옥 종로경찰서 투탄 사건, 1924년에 있은 김지섭(金祉燮)이 동경 이중교(二重橋)에 폭탄 세 개를 던진 사건 등등이 그 뚜렷한 것이었다. 더구나 총독부에의 투탄 사건 후 상해로 망명한 김익상은 거기서 다나카[田中義一] 대장을 저격, 미수에 그치고 말았다.

소란한 국내!

"잔당을 소탕해야 된다."

독립운동자 탄압의 방향을 남만으로 돌린 것은 이 때문이었다.

총독부 경무국장 미쯔야[三矢宮松]는 장작림 봉천 정부 경무처장 우진(于珍)을 상대로 항의로 시작하는 강경한 교섭을 폈다.

"귀하가 두둔해 주기 때문에 독립운동자들은 아직도 활기를 띠고 있소. 어쩔 작정이오?"

"두둔하는 거 없소"

"없다? 좋소. 그렇다면 그 증거를 보여주오"

"증거라니요?"

"동만에서는 군정서나 국민회 본부를 당신네 군경이 토벌한 일이 있었소. 그러나 남만에선 그런 성의를 보여준 일이 한 번도 없었소"

"우리가 토벌하라는 거요?"

"싫다면, 좋소. 간도 토벌 모양, 우리가 하겠소"

"그건 아니 되는 이야기오"

먼 간도와는 달라, 남만의 일본군 출병은 어떤 이유에서건 있어서는 안 되는 일이다.

수도 봉천이 위험 받을 위험성이 있기 때문이었다.

"그럼 어떡하겠다는 거요?"

－이렇게 맺어진 것이 미쯔야 협정[三矢協定]이었다.

1925년 6월 11일에 조인하고 7월 8일부터 실시키로 되어 있다.

> 1. 일중 경찰은 합작해, 봉천성 동부 지방에 있어서의 조선인의 독립운동을 방지한다.

1. 중국 측 당국은 조선인 독립운동자를 체포해 일본 측에 인도한다.
1. 조선인 독립운동자의 수령급의 성명을 중국 측이 조사해 일본 측에 통보할 것.

미쯔야 미야마쯔는 현상금도 걸었다.

독립운동자 한 사람에 얼마씩 지급한다는 것, 그것도 수령급은 값이 비싸다.

이 지방이 독립운동의 근거지라고 하나, 앞서 간도에서의 군정서, 국민회처럼 무장 군대를 편성해 일본에 직접 항쟁하고 있는 것은 아니었다. 그럴 실력이 없었다. 지하운동을 하면서 표면으로는 학교나 교회를 세워 청소년들에게 사상교육과 정신훈련을 베푸는 등, 시기를 기다리는 수밖에 없었다.

그러나 이것도 일본 당국은 싫은 일이다.

현상금을 건 것은 표면에 드러나 보이지 않는 독립운동자를 말단의 어리석은 중국 군경으로 하여금 샅샅이 뒤져 잡아들이게 하자는 수단이었다.

주 선생이 불려가 만난 공안국장은 현상금 때문에 김일(이정수)의 이야기를 끄집어낸 것은 아니었다.

귀띔을 해준 것이라고 할까?

3

"부파(不罷, 아무 관계없다)."

하학 후 정수는 '혁명일독'을 지도하는 선생을 청해 함께 학교 주변을 거닐면서 교감이 하던 이야기를 했다. 그동안 통하고 있는 사이기 때문이었다. 왕(王) 선생은 대뜸 웃어 버렸다.

"그래도!"

정수의 얼굴이 여전히 개운치 않았다.

"별 걱정 다 하시우. 일본 놈의 위협과 수단에 또 넘어간 거요. 젠장 그게 뭐냐 말이오. 얼빠진 새끼들!"

왕 선생은 도리어 우진 미쯔야 협정을 또 하나의 망국조약이라고 장작림 정부에 욕설을 퍼부으면서 흥분하였다.

5·4운동에 관련한 탓으로 북경대학을 퇴학당했다고 했다.

곧잘 흥분하나, 정의감이 세고, 정세판단이 예리하고 정확했다. 흥분하면 상대편에게 말할 틈을 주지 않고 혼자 빠른 말로 지껄이는 버릇이 있었다.

지금도 그랬다.

"……중국인과 한국인 사이를 이간시키자는 일본 놈들의 야비한 수단에 넘어간 거란 말이오. 한국인과 우리 중국인이 합력하면 당해낼 수 없거든요. 동삼성을 침략하려면 우선 중·한 양국인이 서로 반목하게 만들어야 된다 말이오. 그런데 썩어빠진 우리나라 관헌 놈들이 그걸 아는지 모르는지……. 알면서도 딱 잡아 안 된다고 버티지 못했다 말이오. 왕빠딴."

하더니 왕 선생은,

"걱정 마시오. 진 셴성, 내가 책임지고 보호해 드리다. 우리 집에 와서 나하고 함께 지냅시다. 그게 내키지 않으면 학교 숙직실을 내드리도록 할 테요. 지금 하숙하고 있는 집에서 옮기시오. 학교 안에서 살면 건드릴 놈이 없습니다. 아무 걱정 마시오."

정수의 손을 꽉 잡았다.

'학교 구내로 옮긴다?'

그렇게 지내면서 우선 방학 때까지 견디어 보자.

숙직실에 옮겨 자취생활을 하고 있는 동안엔 교감으로부터도 아무 이야기가 없었다. 그게 도리어 이상했다.

그리고 방학이 임박하고 있을 무렵이었다. 더위가 무르익고 있었다.

그런 어느 날 저녁 먹은 뒤였다. 교정의 나무 밑에 걸터앉아 바람을 쐬고 있을 때였다.

하숙하고 있던 집주인이 찾아왔다.

"더위에 편안들 하십니까?"

"잘 있습니다마는 큰일 났쉬다."

"무슨 걱정되는 일이라도?"

"하, 이만저만 걱정되는 일이 아닙네다. 보갑대(保甲隊) 아이들 땜에 이거 겐데 낼 것 같지 않쉬다."

정수는 뜨끔했다.

동네 단위의 연좌 책임제 자치조직으로 방범(防犯)이 목적이나, 경찰력이 약한 곳에서는 직접 그 대행도 하고 있는 것이다. 이 지방은 경찰력이 약하다. 보갑대가 강화된 것도 미쯔야 협정이 체결된 뒤의 일이었다.

"보갑대?"

"예, 그놈 아이들이 가끔 와서는 계란을 달라구 해설라무니 엣다 먹어라 하구 몇 번 순순히 주었더랬거든요. 그건, 아마 김 선생두 아실 겝네다마는, 그랬는데 요즘은 맛을 들였는지 날마다 와서는 이건 으레 바쳐야 되는 것처럼 내라는 겁니다례. 미운 놈 떡 한 짝 더 주랬다구 주군 했더랬는데, 이렇게 더워서야 어디 닭도 알을 제대로 낳아 냅데까? 그래서 한 서너 차례 없다구 했더니 오늘 와서는 아, 이놈 아이들이 눈을 막 붉히구 욕지거리를 하는 겁네다. 뭐라구 했는지 아십네까? '너 이놈, 두구 보자, 네 집에서 독립군을 키운다지?' 한마디 보탬도 덜지도 않고 이렇게 말하고 몰려가 버렸습네다. 그 서슬이며 이거 심상치 않다구 생각이 돼서 뵈러 왔는데, 그나마, 양계(養鷄)두 이제는 못 해먹을 것 같습니다."

이경천(李敬天) 영감은 감투를 벗어 손가락으로 상투밑을 긁고 나서 썼다.

"나 때문에 영감께서 주목을 받는 게 아닙니까?"

정수는 아직 상투를 틀고 있는 이 영감의 고집을 새삼스럽게 생각하면서 말했다.

"무어 그렇겠습네까? 그놈 아이들이 요즘 갑재기 우리 사람을 대해설라무네 너 독립군이다, 뭐다, 하문설라는 닭을 빼앗아 간다, 돼지를 잡아간다, 심지어 아편을 달라구 성화를 시키는 일이 비일비재라는데 내가 닭 몇 마리 기르구 있으니까 잔말 말구 내라는 으름장이지 별게 있겠쉬까? 이제 또 올 껩네다. 울며 겨자 먹기지, 어떡헙네까, 이번에는 줘 보내야지."

그러고 나서 이 영감은 덧붙였다.

"그렇더라도 김 교사, 조심하시오."

"제야 뭘—"

"아하, 그놈 아이들이 눈에 불을 켜가지구설라무네, 독립군들을 잡으려구 설치는 모양입네다. 우리 나이 먹은 것이야 상관없겠지마는 젊은 이들은 각별히 조심해야 할 겝네다."

"제가 뭐 독립군입네까?"

"하하, 누가 독립군이래서 잡히어 고초를 겪는 줄 아시오. 젊은 사람 조심해야 합네다."

"전, 여기 있어 아무 일 없습니다."

"거 미리 여게 옮겨 잘됐는데, 당분간은 거리에 내려오지 않는 게 좋을 게외다. 나 그거 일러 드리려구 왔습네다."

"고맙습니다."

이경천 영감은 두어 번 마른기침을 하더니 땀을 들일 사이도 없이 내려가 버렸다.

'좋은 영감이야.'

허리를 구부릴싸하고 내려가는 이 영감의 뒷모습을 보면서 정수는 중얼거렸다. 오십이 채 못 되었으나 호호야(好好爺)의 부드러움이 등 뒤에서도 팡팡 풍겨지고 있었다.

"에헴, 어험."

마른기침 소리가 유난히 정답게 들려 왔다.

4

사흘 뒤다.

"선생님!"

눈을 떴으나 아직 자리에서 일어나지 않고 뒹구는데 문을 두드리는 소리였다.

"누구냐?"

자리에서 일어나 문을 열었다.

이경천의 맏손자, 3학년에 다니는 아이였다.

"너 왜?"

"큰일 났습니다. 할아버지가 돌아갔어요"

"뭐?"

"보갑대가 와서……"

아이는 채 말을 맺지 못하고 울음을 터뜨렸다.

옷을 입고 뛰어 내려가니 집안은 온통 울음판이었다.

"김 교사, 이 일을 어쩌면 좋소"

이경천 영감의 부인이 정수를 붙잡고 통곡이었다.

"어떻게 된 일입니까?"

―보갑대원에게 달걀을 주지 않고 보낸 뒤, 어제까지 아무 소식이 없었다. 이젠 잊어버린 거려니 생각하고 있는 어젯저녁이었다.

다섯 사람이 찾아왔다. 집안현 유격대원이라고 했다.

"주인 누구요?"

"나요"

이경천 영감이 나갔다.

신분을 밝히고 그들이 하는 말.

"뚤리빙, 내놓아라."

"독립군? 그런 거 없소"

"없어? 거짓말, 다 알고 왔는데……."

"누가 거짓말로 일러바친 걸 거요."

"뭐? 그럼 네가 그런 거 아닌가?"

"그게 무슨 말이오?"

한 사람이 패거리더러 뭐라고 했다. 넷이 달려들어 이 영감을 밧줄로 묶었다.

그 바람에 감투가 벗겨져 땅에 뒹굴었다.

"이건 뭐야?"

한 사람이 이 영감의 상투를 걸머잡고 당기면서 흔들어 댔다.

저희들끼리 뭐라고 수군댔다.

한 사람이 상투를 칼로 잘랐다. 자른 상투를 가지고 다섯은 또 수군거렸다.

머리를 갸우뚱하는 사람.

그러나 마침내 이 영감을 일으켜 끌고 사립문 밖으로 나갔다.

가족들이 뒤를 쫓았다. 그러나 아문(관청)에 가는 거다, 곧 돌려보낸다고 윽박질러 집으로 들여보냈다.

뜬눈으로 기다렸다. 오지 않았다.

그랬는데 오늘 아침에 소 먹이러 가던 아이들이 산에서 목이 없는 시체를 발견했다. 옷으로 이경천 영감임을 알 수 있었다.

시체 옆엔 피에 물들인 작두(斫刀)가 있었다.

"……상투가 밭길에 팽개쳐 있지 않았겠습네까……."

할머니는 길게 이야기를 하지 못했다. 울음이 치받쳐…….

"머리 하나에 20원(元)이래."

북간도 141

"죽일 놈들!"

"처음에는 상투를 디밀까 했던 게지? 인정 안 할 것 같으니까……."

동네 사람들의 터지는 가슴속에서 새어 나오는 말이었다.

"하필 작두로……."

"되놈우 새끼들, 두구 보자!"

"그렇게 하도록 만든 왜놈은 어떻구?"

"모두 날벼락 맞을 놈들이지."

이렇게들 주고받았을 뿐 당장 어쩔 수 없었다.

정수도 마찬가지였다. 그립고 아쉬운 것은 오직 홍범도 장군의 휘하에 있을 때의 일이었다. 그때의 동지들이었다.

"으음―."

5

"영애도 그러라고 권하는 거요?"

"예."

용정 영국덕이 외국인 묘지로 올라가는 길 옆, 우거진 가둑나무 밑에 서였다. 정수와 영애가 나란히 앉아 이야기하고 있었다.

집안현에서 떠난 것은 이경천 사건이 있은 직후였다. 신변의 위험이 느껴져서만이 아니었다. 방학도 되었으므로 우선 떠나고 말았다.

상해로 가려고 했다. 그러나 그러기 전에 간도에 들러 식구들을 만나 보고 싶었다. 독립군에 들어간 뒤 통 소식을 전하지 못했던 집이었다.

식구들의 안부가 궁금했다. 아버지는 몸이 나기 시작하고 있었다. 건강이 어떤지? 어머니와 동생들도? 삼촌의 소식도 모른다. 청산리 전투에서 어떻게 됐을까? 영애도 못 견디게 그리웠다. 어디 시집가지 않았을까? 소식을 알고 마음 놓고 상해로 가려고 마음먹었다.

밤중에, 죽은 것으로 알고 있던 아들이 나타나자, 창윤이 부부가 함께 어쩔 바를 몰라 했다.

여전히 혼춘에서 국수 장사를 하고 있었다. 3년 전, 할머니가 돌아가셨다. 창덕 아저씨가 청산리 전투에서 전사했다. 그 대신 누이동생 정복이가 시집가, 얼마 전에 고추가 달린 애기를 낳았다. 남동생도 컸고…….

5년간의 집안의 변화였다.

변화는 그것뿐이 아니었다. 아버지의 몸이 지나치게 뚱뚱해져 있었다. 씨근씨근 숨 쉬는 것도 거북해하는 듯했다. 어머니는 그냥 할머니의 모습이 되어 있었고…….

영업이 잘되는 것도 아니었다. 경쟁자가 몇 집 생겼다. 일손이 없는 용정 냉면옥은 입에 풀칠하기도 아쉬운 형편이었다.

영애가 아직도 결혼 않고 병원에 있는 것이 대견했으나, 아버지의 비참한 최후를 겪은 뒤 가족이 샛노루바우를 떠나 다른 곳에 옮겨 살고 있었다.

피어 나가는 건 오직 현도 아저씨네뿐이었다.

현도가 용정의 상계에서 뚜렷한 유지의 한 사람이 되어 있는 것도 그랬으나, 만석이는 회령상업학교(會寧商業學校)의 졸업반에 재학 중이었다.

현도도 정수가 살아 나타났다는 사실에 놀라고 반가워했다. 그리고 자수를 권했다.

"뭐 모모 하는 사람들도 다 용서를 받고 지금 각 방면에서 지도자로서 활동으 하고 있는데, 갸야 뭐…….”

창윤이가 숨어 지내지 않아서는 안 되는 아들의 일을 넌지시 의논했을 때, 현도가 자신 있게 한 말이었다.

“갸가, 들겠는지?”

“하, 갸가 하필 무시기오? 간부로 있던 사람들두 도장으 누르는 것으루 간단히 끝이 났는데…….”

포섭 초기의 이야기였다.

“그래두—.”

“하아, 내가 미리 말송이한테다가 얘기르 해놀 테니까 죄곰두 걱정을 말구, 갸나 마음으 돌리게 하오. 지금이 오느 세생이라구, 벨게 없어요. 거저 쉬길 서하구 펜안히 사는 것배께…….”

자치운동에 실패 본 뒤 더욱 현실에 영합하는 현도의 신념에서 나온 말이었다.

“미리, 얘기가 된다문 모르지마는…….”

“그건 염려 말라니까, 내 당장에라두 말송이르 만나겠소”

그렇더라도 창윤이는 아들에게 강요는 하지 않았다.

“사정이 이렇게 됐다. 그렁이까 짚이 생각으 해서…….”

그러나 어머니 쌍가매는 우겼다.

“아버지르 봐라, 씨근거리능 거. 허구한 날에 어떻기 숨어서 지내겠니? 장개두 가구, 이제는 너르 옆에서 내놓지 못하겠다. 그리구는 못 살겠다.”

그래도 상해로 가야 되나? 자수해 부모를 받들면서 평범하게 살아야 하나? 영애의 의견이 듣고 싶었다.

"무슨 이유로?"

"이유요? (한참 생각을 정리하는 듯하더니) 조용하게 살구 싶어요."

"조용하게 살구 싶다."

"예, 끔찍스러운 것 보구 싶지 않아요."

"끔찍스러운 것?"

영애는 머리만 끄덕였다.

숯덩이가 된 아버지의 시체를 보았을 때의 충격, 다시 태워 흔적도 남기지 않게 됐던 일이 떠오른 모양이었다. 눈물이 뺨에 흐르는 것이 달빛에 보였다.

정수도 목 없는 시체를 놓고 통곡하던 집안현에서의 이 영감의 초상 광경이 눈에 선했다.

"영애 마음 알겠어."

그러나 그러자 느닷없이 정수의 머릿속에 떠오른 것은 봉오골 전투에서 사살한 조선 순사의 모습이었다. 눈을 채 감지 못하고 쓰러져 숨진 얼굴, 호주머니 속에서 나온 수첩 속의 사진. 귀엽게 생긴 애기…….

"그러나……."

정수의 입에서 튀어나간 발음이었다. 머리가 가로저어지기도 했다.

"어째 그래요?"

"나는 안 돼!"

"그건 어째서? (영애는 또 한참 생각에 잠겼다가) 간호부 일두 이제는 싫어졌어요. 조용히 집 안에서 애기나 키우고……."

머리를 숙이고 수줍어했다.

"나두 영애하고 얼피덩 결혼하구 싶어요"

"그런데?"

"나는 안 돼!"

"자수라는 게 꺼림칙해서요?"

"그것도 물론이지마는……"

"알겠어요 괘씸한 생각으로는 나도 그런 걸 권하고 싶지 않아요 그러나 멀리 상해로 가신댔지 않았어요? 그것도 정수를 위해서는 좋은 일이에요. 그렇지마는 (뜸을 들였다가) 정말 지쳐 버렸어요 기다리는 일이……. 언제 돌아올지 모르지 않아요? 그런 이를 기다리는 일이 얼마나 애타는가를 남자들은 모를 거예요."

"나두 영애가 못 견디게 보구 싶었어."

"거짓뿌레."

"아니야."

"그런데 어째서……"

그리고 영애는 정수 옆에 붙어 앉으면서 말했다.

"원수를 사랑하는 셈치고……"

"원수를 사랑해? 허허, 그러나 그래도 난 안 돼요"

"정수만이 아니에요. 다들 그랬어요 유명한 분들도 벌써……"

"알아요 그래도 나는 안 돼."

"어째서요?"

"그분들은 비전투원들이었어. 직접 총을 메지 않았어요 나는 달라, 전투를 했어. 총을 쐈단 말이야, 싸웠어. 싸웠단 말이야, 적을 꺼꾸러뜨렸단 말이야."

소리를 지르면서 정수는 벌떡 일어섰다.

영애는 그 자리에 엎드려 흐느껴 울었다.

6

"걱정을 하지 말랑이까……."

현도는 도사리고 앉아서 정수에게 말했다. 정수의 상기된 얼굴은 옆에서 보기에도 붉어 있었다. 눈에 피가 져 있고……. 며칠 자지 못한 탓일 게다. 아무 말도 하지 않았다. 정수 대신 창윤이 물었다.

"정말, 말송이 그렇게 말했음둥?"

"그랬당이까, 몇 번 은근히 다짐을 했는데, 책임으 지구 선처(善處)르 하겠다구 나하구 약속으 했당이까……."

"약속으 했다지마내두, 호두 속 같은 말송이 뱃속으 어떻게 알겠관디? 본래 일구이언(一口二言)으 잘 하는 버릇이 있겠능가?"

"그거? 자치 문제르 끌어내는 모양인데, 그것과 이것과 어떻게 같이 이얘기르 하겠관디. 하나는 정책에 관한 문제구, 이거는 쇠쇠(사소)한 일이 아임둥. 자치 문제야 외무성의 지시르 받아야 되는 국가의 중대한 일이지마내두 이거야 말송이 마음대로 처치할 수 있는 문제지……."

그러면서 스에마쯔가 죠상(張樣)의 인척인 청년 하나쯤은 우정(友情)으로 구명(救命) 못 할소냐고 도리어 다져묻는 말에 역증까지 내더라고 현도는 말했다.

"더구나, 자수 형식으로 한다면은 더 쉽게 처리돼서 요시찰인 명부에서 영원히 지워 버리겠다구까지 이얘기를 했네."

그리고는 정수더러 말했다.

"상심으 할 끼 없이 자, 얼피덩, 들어갔다가 나오랑이."

정수는 그래도 대꾸가 없었다.

"하아, 이런 고집이라구 어디메 있능가."

현도는 역증을 내면서 가겟방으로 나가 버렸다.

"어쩌겠니?"

창윤이 마지막으로 물었다.

"아버지의 생각은 어떻습니까?"

이미 각오하고 있는 정수였다. 그러나 마지막으로 물은 거다.

"현도가 뒤에 있응이까……."

"좋습메다."

―이렇게 해서 정수는 영사관 경찰서에 제 발로 걸어 들어갔다.

곧, 돌아올 것으로 생각하고 있었다.

현도뿐 아니라 창윤이도 그랬다.

정수가 돌아오면 함께 혼춘으로 데리고 가려고 창윤이는 현도네 집에 그냥 머물러 있었다.

그러나 첫날에 밤중까지 기다려도 나오지 않았다.

"어찌 된 겔까?"

"에구, 급하기두 구네. 도장으 찍으면 된다지마내두, 서류르 뀌메야 될 기 아잉가."

현도의 말이 옳다고 창윤이는 생각했다.

그러나 다음날에도 밤중까지 나오지 않았다.

"어째 앙이 나올까?"

"나오겠지비, 마음으 푹 놓고 기다립세."

사흘이 지나, 닷새가 지나도 나오지 않았다.

"벌써 닷새가 아임둥? 어째 상기 안 나오젤까?"

"글쎄."

현도가 머리를 갸우뚱거리더니 이튿날 알아보겠노라고 했다.

"조사를 하고 있는 중이라는궁. 곧 끝이 나잉까, 끝나는 대루 돌가 보내겠다니 조금만 더 기다려 봅지."

"무슨 조사가 그렇게 오래 걸리능가?"

"글쎄 곧 끝이 난당이까, 내일이나 모레쯤 나오겠지."

그러나 내일, 모레는커녕 또 닷새가 지나도 정수는 돌아오지 않았다.

창윤이는 당황해지지 않을 수 없었다.

"졸연한 일이 앙이군."

"이상한데?"

현도도 연방 머리를 기웃거리면서 얼굴이 심각해졌다.

"그양, 앙이 내놀 작정이 아임둥?"

"그럴 리야 없겠지마는……"

자신이 우겨서나 다름없이 정수로 하여금 걸어 들어가게 만들었다는 생각에 현도도 당황해지지 않을 수 없었다.

다음날엔 일찍이 스에마쯔를 찾아보았다.

"어떻게 된 일입메까? 내 입장이 여간 곤란하지 않습메다."

"입장이 곤란하기로는 내가 더하면 더했지 못하지 않소이다. 죠상한테 거짓말한 것같이 돼서……"

그러면서 스에마쯔가 하는 말은—.

여느 귀순자처럼, 서류에 도장이나 받고 즉석에서 돌려보내려고 했다.

그러나 마침 홍범도 부대에서 정수와 함께 봉오골 전투에도 참가했고 청산리에서는 안도현으로 철퇴하는 분대에 소속돼 행동을 같이 취했던 김경문이를 체포했었다.

15만 원 사건 때부터 와룡동 출신이라고 체포하려고 행방을 찾던, 영사관 경찰에서 거물급으로 명단에 올려놓고 있는 부정선인이었다.

김경문의 심문에서 이정수의 이름이 밝혀졌다. 이름이 밝혀진 것만이 아니었다. 활동상황도 세세골골히 드러났다. 봉오골 전투에서의 일, 노투거우령에서의 싸움 등등…….

"……이렇고 보니, 이정수를 석방하려면 김경문이도 함께 석방해야 하고 연루자 전부를 불문에 붙여야 마땅한 일이 아니겠소 죠상, 죠상이 내 자리에 앉았다면 이런 경우 어떻게 해야겠소?"

도리어 반문하고 미남형의 얼굴에 웃음까지 띠었다.

"아마, 죠상도, 이정수가 이 스에마쯔의 아들이더라도, 그 아이만을 죄가 없다고 석방시키지는 않을 것이오 허허, 그렇지 않소?"

현도는 뒤통수를 얻어맞은 듯했다. 아찔해 눈앞이 캄캄했다. 할 말을 찾아낼 수 없었다. 스에마쯔는 잠깐 멈췄다가 이었다.

"그런데다가 토벌작전 때 사살했지마는 이창덕이도 알고 보니 이정수의 삼촌이라고 하지 않소 그 집안이 순전히 부정선인의 가정이더군요"

그리고 눈을 빛내면서 현도를 보았다. 얼굴에 살기가 떠돌고 있었다. 그런 얼굴로 스에마쯔는 물었다. 문초하는 것 같았다.

"조카라구 했는데 죠상하구는 가까운 친척이 되오?"

"우리 왕고모님이 정수 증조부의 부인이었습죠."

"아하, 그럼 아스름하게 멀군."

스에마쯔는 얼굴을 부드럽게 가지더니,

"사정이 이렇소. 그러나 죠상의 면도 있고 귀순해 온 거니까 관대히 처분할까 생각하고 있소. 나 좀 바빠서……."

그리고 모자를 쓰고 자리에서 일어났다.

현도는 머리를 긁으면서 돌아 나오지 않을 수 없었다.

7

공판은 오전 열 시부터 열린다고 했다.

그러나 시간 에누리가 있어, 재판장이 법복 차림으로 자리에 나와 앉은 것은 열 시 이십 분쯤 되었을 때였다.

일반 공개는 아니었으나 피고의 가족은 한두 사람 방청을 허가했다. 언도 공판이기 때문이었을 게다.

창윤이는 현도와 함께 전날 밤에 청진(淸津)에 묵고 있다가 개정 시간 전에 법정에 입장했다.

스에마쯔가 관대하게 보아주겠다고 했으나, 정수가 심문을 받으면서 고분고분하게 굴지 않은 모양이었다.

자수한다는 사실에 자책을 느끼고 있던 정수는 부모와 영애와 현도 아저씨의 적극적인 권유로 경찰서에 제 발로 걸어 들어갔으나, 뜻밖에도 김경문 동지가 피검된 사실을 알았다.

‘아차!’

김경문은 그 후에도 계속 투쟁을 했던 모양이었다. 그러다가 잡혔다. 그랬는데 자신은? 부끄럼에 정수는 경찰서 유치장에서 자살할 기회만 엿보았다.

더욱 그런 것은 김경문이와의 대질 심문이 있은 뒤였다.

얼마 만에 서로 보는 얼굴이었던가? 경관의 감시 밑에 대하는 얼굴이었으나, 무척 반가웠다.

‘살아 있었구나!’

김경문이는 더욱 그런 모양이었다. 어린 정수를 무척 사랑했었기 때문일 게다.

반가움이 눈과 얼굴에 드러나 있었다.

그러나 정수는 그런 김경문이의 얼굴을 똑바로 볼 수 없었다. 배반했다는 생각이 마음을 쥐어뜯었기 때문이었다.

그 반동이라고 할까, 정수는 영사관 경찰서의 심문에서부터 범죄 사실을 숨기거나 변명하지 않았다.

청진 검사국(檢事局)으로 송국됐다. 검사국에서도 구태여 변명을 하지 않았다. 변명했기로 연루자들이 검거되어 있는 이상 어쩔 수 없었지마는…….

공판이 거듭되었다.

그리고 오늘이 언도 공판이었던 것이다.

현도는 자신의 용정 사회에서의 지위에 대한 지나친 자신과 스에마쯔에 대한 과신 때문에 정수를 철창으로 보내게 되었다고 거듭 창윤이에게 미안한 뜻을 표했다.

"이거 똑 마치 영사관 ㄸ나풀처럼 됐으니 이런 데럽구 억울하구 귀신이 곡할 일이 어디메 있소."

"고연한 말으 맙소. 그놈 아가 운쉬가 나빠서 그렇지."

정수가 송국된 뒤에는 부쩍 몸이 나빠진 창윤이는 이렇게 안간힘을 쓰면서 도리어 현도를 위로했다.

둘은 언도 공판에서 정수의 얼굴이나 보자고 함께 나왔다.

연루된 피고는 다섯 명이었다.

높이 앉은 재판장은 다섯 피고를 판사석 아래에 나란히 세웠다. 그리고 하나씩 판결문을 읽고 형을 선고했다.

처음에는 김경문이었다.

"……금고 10년에 처함."

다음이 이정수였다.

긴 판결문이었다.

"……길림성 연길도 왕청현 봉오동에서 피고는 상 피고 김경문과 더불어 수령 홍범도의 지휘 밑에 아(我)…… 지휘의 토벌대에 향해 실탄을 발사함으로 해서 조선인 경찰관 한 명을 확실히 사살한 외에 수효 미상의 아 경찰관을 사살했고……."

넉 달 가까운 구금생활임에도 판사 앞에 버티고 서 있는 정수는 늠름한 것을 풍겨 주고 있었다.

방청석에서 창윤이는 그 모습을 뚫어지게 주시하고 있었다.

계사처에서 판자문이 열리자, 나오면서 '지애비야' 부르고 뛰어와 다리에 감기던 때의 정수의 모습이 떠올랐다. 그때의 겁에 질려 있던 어린 모습과 지금의 저 모습.

창윤이는 눈시울이 뜨거워짐을 깨달았다.

그러자 또 떠오르는 것이 있었다.

자신의 모습이었다. 남의 모습을 보는 것같이 떠오르는 자신의 모습이었다.

감자 때문에 동가네 지팡이에서 중국 아이의 차림으로 변해 울면서 집으로 돌아오던 때의 모습이었다. 할아버지가 가위로 머리를 자르다가 시드륵 쓰러지던 광경도

'한아방이에게 정수의 저 모양으 보여디렜으문······.'

그러자 재판장은 목소리를 높였다.

"징역 5년에 처하고 미결구류 90일을 이에 포함시킴."

'징역 5년-.'

창윤이는 머릿속이 어지러워짐을 깨달았다. 그러나 다행히 쓰러지거나 하지는 않았다.

그 대신 뜨거웠던 눈시울에서 두 줄기 눈물이 두 뺨으로 흘러내렸다.

낮과 밤

1

옥중에서 보낸 5년의 세월은 밖에서의 10년이라고 할까? 그렇게 지루하고 긴 느낌이었다.

그 지루하고 긴 생활을 정수는 마침내 치러 냈다. 긴 느낌인 대신 나이테가 다섯이 늘었을 뿐, 표면으로는 아무 변화도 없었다. 단순한 시간의 흐름이었다.

그러나 오히려 감옥 밖의 세상에 변화가 많았다. 무엇보다 아버지가 세상을 떠난 사실은 큰 변화가 아닐 수 없었다.

안에서 가족의 편지로 이미 알고 있는 일이었다.

그러나 서대문 감옥 철문 밖에서 출옥을 기다리고 있던 어머니를 만났을 때 그것이 실감으로 육박해 왔다.

아버지가 마중을 오지 않았대서만이 아니었다.

어머니의 폴싹 늙어 보이는 모습이 아버지가 돌아갔다는 사실을 풍겨 주고 있었기 때문이었다.

정수가 언도를 받은 순간 머릿속이 어지러웠으나 다행히 쓰러지거나 하지는 않았던 창윤이는 집에 돌아와서부터 더욱 개운치 않았다.

한숨을 쉬는 날이 많아졌다.

"내가 너무 귀가 물거(러)서……."

멍하니 천장을 쳐다보다가 이렇게 중얼거리는 때도 있었고,

"내가 뜨뜻미지근해서 재귀(실수)를 쳤다이…….."

이러기도 했고,

"모두 한아방이 발찔에두 못 가."

하다가는,

"한아방이르 그렇게 돌아가게 하구, 아들으 그렇게 옥에다 집어넣구……. 이기 무슨 즛(짓)이란 말이."

누웠다가 벌떡 일어나 앉기도 했다.

때로는,

"그것두 팔재(八字)구, 타구난 분복이지……."

하다가는,

"독립군 노릇으 하구 징역살이르 하는 기 당연하지, 사내지새끼 잘났지 그만하문……."

이렇게 말하기도 했다.

그러던 어느 날이었다.

국수 반죽을 하다가 졸도하고 말았다.

아버지의 최후의 광경을 대강 들은 것도 간도로 돌아온 뒤 누이동생

의 입을 통해서였다.

반죽을 하다가 주인이 죽어 버린 국숫집에 손님이 즐겨 찾아올 까닭이 없었다.

혼춘에서는 국수영업도 할 수 없게 됐다.

정수의 자수에 대해 책임을 느끼고 있는 탓일까. 현도가 가족을 용정으로 옮겨 오게 했다.

혼춘의 집을 판 돈으로 조그만 집을 사고 현도의 주선으로 그마나도 익숙한 국수 장사를 벌였다.

창덕이의 처를 데리고 정수 모친은 또 분발했으나, 용정에서는 혼춘보다도 국수영업의 경쟁이 더 심했다. '중네미' 한 사람을 쓰기까지 했으나 위치관계로 손님을 끌어낼 수 없었다.

극성스럽던 쌍가매가 폴싹 늙은 할머니 모습으로 변할밖에 없는 일이었다.

그러나 한 가지 변하지 않은 것이 있었다.

임영애였다.

그냥 병원에 있었다. 그것만이 아니었다. 시집을 가지 않았다. 그것만도 아니었다. 정수가 나오기를 기다리고 있었다.

그것보다 만나 보니, 마음이 5년 전 그대로, 조금도 변해 있지 않았다. 모든 변화 중에서, 변하지 않은 영애가 없었다면, 정수는 견딜 수 없었을 것이었다.

"어째 시집을 안 갔지?"

"데려가야지 갈 게 아니에요."

"안 데려가?"

"누가 데려가겠어요? 약속했는데……."

"약속?"

"약속한 사람 있는데 누가 데려가요?"

"그런 사람 있었나? 그 사람 샘나는데, 어떤 사람이지?"

"애개개."

집에 도착한 날 밤에 뛰어온 영애를 바래다주면서 둘이 길에서 주고받은 말이었다.

옥고를 풀고는 먼저 혼춘으로 가서 할머니와 아버지의 산소에 성묘하기로 했다.

혼춘으로 가기 전, 용정에 돌아와서 사흘 되는 날이었다.

현도네가 저녁을 차렸다.

5년 전보다도 더 큰 집이었다.

그리고 만석이 결혼해 벌써 돌이 지난 아들의 아버지가 되어 있었다.

상업학교를 졸업한 뒤 이내 동척(東拓) 지점에 취직이 돼, 지금은 중견 사원의 위치를 차지하고 있었다. 집은 회사 근처였었다.

이것도 변화라면 변화랄까? 그러나 그것은 변화가 아니고 진전(進展)이라고 할 수 있을 것이라고 정수는 생각했다.

잘 차렸었다. 잘살아서만이 아닐 것이었다.

그렇게 감옥으로 보냈다는 사실에 대한 미안한 생각을 이런 데서도 표시하려는 것인지도 모를 일이었다.

식사가 끝난 뒤, 정수가 들려주는 감옥생활의 숨은 이야기에 모두 귀를 기울이고 있을 때였다.

타탕, 탕탕.

복장을 흔드는 폭음과 함께 집도 흔들이었다.

"이게 뭐냐?"

현도도 눈이 둥그랬으나 만석이는 얼른 밖으로 뛰어나갔다.

이윽해서 달려 들어오면서 소리를 질렀다.

"동척에 폭탄을 던진 모양입니다."

그리고는 다시 뛰어나갔다.

"얘, 조심해라."

눈이 둥그랬던 현도가 아들에게 주의를 주었다.

"이거 뭡니까?"

정수가 물었다.

"공산당일 게야."

"옛?"

"작금 양년에 어떻게 갈개는지 마음 놓구 잠을 잘 수 없당이까."

"그래요?"

"작년 가을에는 추수폭동(秋收暴動)이라구 해서 촌에서 가을으 해논 곡식 낟가리에 불을 지르는 거루 위시해서 갈개는데, 나두 수칠거우에 소작으 준 곡식으 타작하기 전에 몽땅 태워 버린 일이 있었으니까……."

"옛?"

"그러덩이 시내에 들어와서 동척에 폭탄으 던진 모양이군."

"독립군이 아닌가요?"

"독립군? 독립군이문야 여북 좋게? 지금 독립군이 어디메 있능가? 공산당이지."

"그래요?"

정수는 거듭 그래요?를 뇌지 않을 수 없었다.
현도가 말했다.
"그동안 세상이 여간 변한 게 앙이네."

2

'5·30기념 폭동!'
'공산당이 동척에 투탄!'
'농촌에서는 지주(地主) 등 살해—.'
이튿날 용정에서 발행하는 일문과 조선문 각 신문은 이런 제목으로 크게 기사를 싣고 있었다.
"시내에까지?"
"이거 큰일이군!"
거리가 뒤숭숭했다.
그러나 기사가 크게 다루어졌고 거리의 분위기가 어수선한 데 비겨, 동척 지점은 그다지 큰 피해가 없었다.
잠가 놓은 철제 대문의 벽돌담장이 무너진 것과 청사 현관의 일부가 깨어졌을 뿐이었다.
1925년 2월 상해의 일본 방직공장(紡織工場)의 총파업이 상해 총상회 회장(總商會會長)의 알선으로 해결이 되었다.
4월에는 칭따오의 일본 방직공장 노동자들이 노동조합을 결성하려다가 뜻을 이루지 못해 벌인 3주일간의 총파업은 일본 자본가의 요구에 의한 중국 관헌의 조합 간부 구금으로 일단 주춤했다가 5월 하순에 공산당 조종으로 다시 파업에 들어갔다. 파업단은 공장을 점령했으나 중국 군대의 출동으로 노동자들이 축출당하고 사상자가 생겼다.

한편 상해에서는 그동안 노동조합의 조직이 발전되고 있는 데 겁을 먹은 일본 자본가들의 청으로 공부국(工部局:上海共同租界의 市廳) 관헌들의 간섭으로 노동자 2명이 해고당했다. 조합에서는 또 총파업에 들어갔다. 공부국 인도인 순경이 발포했다. 10여 명이 부상하고 1명이 죽었다.

의분에 불탄 학생들이 사상한 노동자를 위해 위문금 모집을 하다가 공부국 순경에게 체포됐다.

그 공판이 있던 5월 30일이었다. 상해의 각 대학생 천여 명이 타도 제국주의(帝國主義)를 외치면서 거리에서 사상된 노동자의 사정을 호소했다. 공부국에서는 학생 다수를 검거했다. 학생과 군중은 그 석방을 요구해 남경로(南京路) 경찰서 앞에 모였다. 삽시간에 만 명이 집결됐다. 타도 제국주의를 고창하면서 기세가 높았다. 영인(英人) 경부를 위시해 인도인과 중국인 순경들의 발포로 사망자 10, 중상자 15명을 냈다.

―5・30사건이다.

전 상해의 학생, 노동자, 상인들의 분격과 반항이 고조에 달했다.

중국 공산당은 이입삼(李立三)을 위원장으로 상해 총공회(總工會)를 조직해 국민당 우파(國民黨右派)의 상해 공단연합회(工團聯合會)를 밀어내고 반제운동을 조종하기 시작했다.

이런 5・30이다. 공산당은 매년 이날을 기념해 민중에게 반제의식을 고취하고 있었다. 일본은 그들의 적이요 또한 어버이의 원한이었다.

근년의 중국 공산당의 실권은 이입삼 일파가 쥐고 있었다.

'성(省) 혹은 수성(數省)의 수선승리(首先勝利).'

후에 장사(長沙) 소비에트를 수립했다가 10일 만에 실각당한 이입삼의 지도이론은 무장봉기로 가능한 지역에서부터 혁명을 달성해야 한다는 급진극좌의 길이었다.

간도의 공산당도 이 무렵 자연히 이입삼 코스를 좇고 있었다.

농촌 각지에서 추수폭동이 일어나고, 인민재판의 변형으로 참혹한 살인과 테러 사건이 발생하고 있는 것도 이 때문이었다.

금년 5·30기념 투쟁이 대담하게 용정 시내 한복판인 동척 청사 폭격으로 나타난 것은 이런 계제에서였었을 거다.

3

눈이 내리고 있었다.

함박눈이었다. 꽝꽝 쌓이고 있었다. 산골짜기, 들판, 하늘과 땅이 흰 빛으로 아득했다. 바람도 불고 있었다. 북풍이다.

북풍이 눈을 휘몰아치고 있었다. 휘몰아치는 눈바람을 거슬러 정수와 영애는 들판을 걷고 있었다.

숨이 꽉꽉 막혔다.

영애가 친정으로 남편과 함께 근친 가는 길이었다.

두 달 전에 결혼했다.

정수가 호천개(湖泉街) 학교에 취직된 뒤였다.

학교 일로 몸이 돌지 않아, 차일피일 밀리던 근친을 겨울방학이 되자 실천에 옮기고 있는 거다.

연길까지는 기차였다.

그리고 마차로 연길령을 넘어 다시 걸어야 하는 노정(路程)이었다.

떠날 때 꾸물꾸물하던 날씨였으나, 조양천에서 기차를 바꿔 탈 무렵에는 내리며 말며 싫은 눈이더니 연길에서 마차를 탈 때에는 함박눈으로 변했고 영을 넘어 걷기 시작했을 땐 무릎까지 쌓이고 있었다. 이 근처에는 처음부터 큰 눈이었던 모양이다. 거기에 강한 북풍이었다.

눈을 휘몰아치는 북풍을 안고 걷는 길은 등산하기보다 더 힘들었다. 거기에 정수는 벌써부터 뱃속이 이상했다. 마차에서 먹은 호떡 탓인 듯했다.

감옥에서 얻은 위장병이었다.

"아직두 괴로워요?"

영애가 정수를 부축하듯 하면서 물었다.

"괜찮아."

아무렇지 않게 대답했으나 정수의 얼굴에는 괴로운 빛이 역력히 드러났다.

"어쩜 좋지?"

"아직 멀었소?"

"저 등성일 넘어서두 십 리쯤 될까―."

"아유!"

해가 저물고 있었다. 여느 때면 해질 무렵엔 닿을 수 있었으나, 눈보라와 싸우며 걷는 길은 또 걸음발이 더디었다.

"저기 이모네 집이 있어요. 거기 들러 오늘 밤 묵었다 가기로 해요."

배를 움켜쥐면서 정수가 말했다.

"그럴까?"

도저히 등성이를 넘어 10리를 걸어 낼 수 없었기 때문이었다. 등성이가 아니고 산굽이를 향해 디딘 발길을 돌렸다.

"앙이, 영애가 앙이야?"

이모가 놀라기도 하고 반기기도 했다.

정수에게도 대견하게 대했다.

그러나 당황하고 난처한 빛을 감추지 못했다.

"이 눈 속에 나는 뉘권가 했구나."

오는 것을 멀리 보고 있은 모양이었다.

"집으루 찾아보러 가는 길에 눈으 만났구나 갑자기 배탈이 나서……"

"저런!"

"아무래도 이모에게두 인사를 드려야 되지 않아요?"

"잘 왔다마는……"

"얼피덩 뜨끈한 방 내세요"

"자구 가자구?"

"그럼 어떡해요?"

"그래라마는……"

좀 섭섭하다고 생각하면서도 영애는 정수를 이모가 내주는 방에 안정시켰다.

약을 갖고 오지 않았다. 더운물로 손발을 씻어 주고 불돌을 달궈 배에 찜질하는 등, 응급조처를 취할밖에 없었다.

다행히 배탈은 도지지 않았으나 반가워하면서도 이모가 당황해하고 난처한 표정이었던 까닭을 알고 정수는 다시 우울해지지 않을 수 없었다.

"기가 막혀서……."

영애가 안에서 사정을 알고 나와 하는 이야기였다.

─어제 아침에 영사관 경찰대가 다녀갔다고 했다. '공산당 토벌대'였다.

일대에는 샛노루바우 사건 후, 그곳을 떠난 유족들이 띄엄띄엄 개간하고 살고 있었다. 원한의 땅, 지울 수 없는 기억을 불러일으켜 주는 샛노루바우를 한 집 두 집 뜨기 시작하더니 한 달 안으로 동네는 텅 비고 말았다. 깊숙이 찾아 들어간 곳이 이 지대였다.

처음 몇 집이 여기를 개간하였다. 그 뒤를 따라 일대는 얼른 제2의 샛노루바우촌이 되고 말았다.

사건 때에는 어렸던 탓으로 살아남았던 아이들도 이젠 청년이 되었다.

부형들의 참혹한 최후를 알게 됐다. 정의감이 용솟음치지 않을 수 없었다.

그러나 이미 독립운동자 대신에 공산주의자가 일본에 항쟁하고 있는 시대로 변했다.

주의에의 공명보다도 일본에 항거한다는 사실이 젊은 피를 뛰게 만들었다. 공산운동에 참가한 젊은이들이 적지 않았다.

그리고 지난봄의 5·30기념 폭동을 절정으로 하는 농촌에서의 투쟁에는 직접 행동에 나서기도 했다.

영사관 경찰은 전의 '독립군 토벌'의 초기처럼, 각 분관의 경찰력을 증강하여 공산당 토벌대로 편성, 독립군 때의 경험을 살려 출몰지대를 쫓아가면서 탐색하고 섬멸하는 작전을 쓰고 있었다.

일랑거우(依蘭溝) 일대는 왕청 영사관 담당 구역이었다. 그리고 이 근처 구룡평(九龍坪) 언저리는 토벌대가 가장 주목하고 있는 곳이었다.

새벽에 다녀가는 때도 있었다. 저녁에 기웃거리는 때도 있었고

더구나 영애 이모네 집은 산굽이의 은근한 곳에 자리 잡고 있었다. 길목이라, 다른 촌으로 가는 걸음, 오는 걸음에 일본 경찰대는 문안하듯 들르곤 했었다.

그랬는데 어제는 그저 들른 것이 아니었다.

집을 포위하고 총을 꼬나들고 집안을 샅샅이 뒤졌다.

"짐돌이는 어디 감췄어?"

맏딸의 아들이었다. 이모부와 이모는,

"짐돌일 감추다니?"

"요즘 여기 와서 배겨 있다는 걸 알구 왔는데……."

"갸 낯짝 못 본 지 벌써 몇 해가 된다구."

"있거들랑 알려 줘요. 안 알리면 결딴이 날 테니!"

"예."

그리고 가버린 뒤라는 것이었다.

연루자를 잡았는데 짐돌이를 불었고 그의 행방을 더듬어 외가로 수색의 손을 뻗친 모양이었다.

"……그래서 우리가 오는 걸 멀리 보구는 또 영사관에서 오는가 떨었구, 자겠다니, 싫은 말을 했다나요 참."

영애도 기가 막혔으나 듣는 정수도 기가 차지 않을 수 없었다.

"하하……. 갑자기 영사관 순사가 됐군."

4

밤이었다. 그다지 깊지 않았다.

눈보라와 싸우느라고 피곤했던 모양, 영애는 잠꼬대를 하면서 깊이 잠들고 있었다.

그러나 정수는 잠이 오지 않았다. 아직도 뱃속이 트릿했기 때문이었다. 이리저리 몸을 뒤적거리고 있는데 갑자기 밖이 소란해졌다.

거친 발자국 소리와 웅글진 남자의 성난 목소리가 들려 왔다. 하나만이 아닌 듯, 여러 음색(音色)이었다.

"어제는 오전에 왔다 가구 오늘은 밀정으 보냈다지요?"

"밀정으?"

이모부의 목소리였다.

"집에서 재우고 있다문서리?"

"아하, 영애 부배(夫婦)간으."

"무슨 부배간?"

"우리 안깡느 성(언니)의 딸이 요전에 시집으 갔소 그 부배간이 찾아보라 온 기오."

"이모네 집에 찾아보라 왔다?"

"저어 친정이 산 너머에 있거든……."

"그런 거, 밀정이 든 줄 알았소 미안하오."

그러나

"모르오 왜놈 아아들이 얼매나 애비다(간교하다)구 그러오. 이 집 아방이네 사우뻘 되는 사람이라지마는 그거 어떻게 알겠소 이 시기에 그 눈에 온 거 보문, 그저 근친으 온 게 앙이오."

다른 목소리였다.

"하하, 독립군으루 5년 살구 나온 사람이오. 지금은 핵교 교사루 있구, 각시는 영국덕이 병원에 간호부루 있는 사람들인데 무슨……."

"독립군?"

하더니 처음의 목소리가 명령하듯 했다.

"영감, 만나 보게 해주오"

"그럭함세."

"에흠, 이 사람들 자능가?"

이모부가 문 앞에 와서 기척을 내자, 정수는 벌떡 일어나면서,

"예."

문을 열었다.

전짓불(플래시)을 켜들고 이모부를 따라 방 안에 들어서던 사람이 정수의 얼굴을 비춰 보고,

"아! 이건 누구야?"

깜짝 놀라 멈춰 섰다.

"정수 아닌가? 나, 수돌이야, 수돌이!"

그리고 수돌이는 플래시를 돌려 제 얼굴을 비춰 보여주었다.

순간 아버지 정세룡이의 부름을 받아 노령으로 떠나기 전의 일. 팽이 때문에 서로 때리고 얼굴을 꼬집어 뜯고 하던 때의 일이 선해지면서 정

수는,

"수돌아!"

소리를 질렀다.

둘은 어둠 속에서 부둥켜안았다.

이모부는 물론이었다.

잠을 깨 앉아 있던 영애도, 정수돌이의 동무 세 사람도 멍하니 둘의 하는 양을 보고만 있었다.

—정세룡이는 죽고 수돌이가 어머니와 가족을 데리고 북만으로 넘어온 것이 3년 전, 지금 가족들은 빈강성(濱江省) 어느 촌에 살고 있다고 수돌이는 지나간 일을 대강 이야기했다. 정수도 제 지낸 일을 들려주고…….

남폿불을 돋우어 놓고 둘은 비봉촌 시절로 돌아가 끝없는 이야기를 주고받았다.

날이 새고 있었다.

"그만 가야겠네."

동무들의 채근으로 수돌이는 일어서지 않을 수 없었다.

"어쩔 텐가?"

일어서기 전에 수돌이 묻는 말이었다.

"뭘."

"우리와 함께 다시 싸울 생각이 없는가?"

"하, 하……. 그런 열, 다 식어 빠졌네."

"식었다구?"

"그리구, 난 이젠 끔찍스러운 모양 보구 싶지 않네."

"피를 보기 싫다는 건가?"

"더구나 동포끼리의 피를……."

"동무 아주 틀렸소. 피르 앙이 보구 어떻게 헥명이 되오? 동포끼리의 피라지마는, 헥명 위해서는 동포의 피두 필요한 기오. 더군다나 일본 제국주의의 주구(走狗)나 농민의 피땀으 착취해 먹구 뱃굽에 지름이 져 있는 자본가 지주의 피는 헥명에는 약이 되는 기오."

수돌이 동무 한 사람이 노기 찬 목소리로 정수를 보았다.

"동무, 민족주의 투쟁의 경력을 갖고 있다는 동무의 말로서는 너무 무기력하오. 그건 패배주의요. 적 앞에 백기를 드는 것과 꼭 같소."

또 한 사람의 동무의 말이었다.

"일본 제국주의의 감옥제도라는 것이 그렇게 사람을 무기력하게 만들고, 감상(感傷)에 빠지게 만드는 건가요? 동무의 생각은 민족주의의 감상론 이외에 아무것도 아니오."

"그러기에 민족주의자라는 것으는 반동이라는 게요."

처음의 동무가 정수에게 경멸과 적의(敵意)에 찬 시선을 던졌다. 그리고―.

"정 동무, 갑시다."

수돌이는 다른 사람들과 함께 채 밝기 전인 산속으로 총총히 사라지고 말았다.

5

정수가 겨우 잠이 든 것은 다 밝아서였다. 해가 뫼뿌리 위에 얼굴을

내밀 때까지 자고 있는데 영애가 당황하게,

"여보, 여보!"

몸을 흔들어 댔다.

"어째 그러오?"

눈을 뜨자 영애는,

"영사관 순사들이 왔소"

여전히 황급한 어조였다.

"영사관 순사?"

정수는 일어나 앉았다.

"어젯밤에 그 사람들 왔다 간 걸 알고 온 모양이에요. 당신과 내 신분을 캐묻고 있구려. 부엌칸에 나가 당신 먹을 죽을 끓이는데 들이닥치지 않아요? 가만히 들었더니 이모부를 붙잡고 힐난이에요. 뛰어올라왔지 뭐요."(함경도식 집은 부엌간에서 맨 윗방까지 한 줄로 사이문을 격해 안으로 통해 있다)

"우리 신분 뭐 다 아는 거."

하더니 정수는,

"징역살일 했음 그만이지."

스스로를 비꼬는 어조였다. 그러는데 역시 이모부의 인도로 방문이 열렸다.

총을 꼬나들고 들어서는 세 무장경관 중의 한 사람이,

"이건 이정수가 아니오?"

놀랐다.

정수로 발음했다.

"박치백이 아니오?"

신명학교 동창생, 추계 운동회 때 기마경기를 하다가 깔려 머리가 터진 일이 있는……. 그래서 주인태 교사에게 행패를 부린 것을 비롯해, 마침내 학교를 떠나게 만들었던 구제회 농감, 박만호의 아들이었다.

기와골을 떠난 뒤엔 통 소식을 몰랐던 박치백이를 여기서 만나다니. 정수는 반갑기도 하고, 섬뜩하기도 했다.

"아는 사람이오?"

일본 순사가 박 순사에게 물었다.

"예, 소학교 동창생이오."

"그래요?"

그러는데,

"아주마니는 제창병원 임 간호가 아니오?"

세 번째 순사의 물음이었다.

"예."

"글쎄, 낯이 익다 싶었더니……."

"알아요?"

일본 순사가 동료에게 물었다.

"예, 용정 있을 때 아들놈 한 일주일 입원시킨 일이 있었죠."

"그래요?"

그리고 일본 순사는,

"갑시다."

하더니 집을 포위하고 있는 순사들까지 데리고 수돌이들을 쫓아 새벽에 그들이 갔다는 방향으로 산에 올라갔다.

어둠이 짙어 가고

1

"이 선생, 이걸 읽어 보시오."

세 번째 시간의 수업을 마치고 나오니 교장이 씁쓸한 얼굴로 서류를 내밀었다.

"뭡니까?"

"지금 막 온 건데 읽어 보시오."

연길현 교육국(敎育局)에서 보낸 공문이었다.

"뭐? 축제일을 중국 것을 지키고 그날에는 중국기를 게양하라구?"

정수도 웃지 않을 수 없었다. 씁쓸한 얼굴이던 교장도 함께 웃었.

웃은 것은 토벌 전과는 달라 우리 축제일을 공공연히 지킬 수도 없고, 따라서 태극기를 달 수도 없는 처지를 생각한 탓이었다.

"삼민주의(三民主義)를 교육의 근본정신으로 삼으라고?"

정수가 공문 중의 한 대목을 뇌자, 교장의 말이었다.

"삼민주의야 좋은 정신이지."

"그야, 물론이죠. 그러나 이 사람들의 뜻은 다른 데 있는 거 아닙니까?"

"우리 사람 학교도 자기네 교육제도와 교육정신에 따르라는 뜻이 아니겠습니까?"

"그렇죠. 그게 입에 쓰다는 거죠."

"이런 말도 있구먼요. 새 학기부터 일본 교과서를 폐지하고 중국 교과서를 써야 한다."

"그게 우습다는 거요."

간도의 각급 학교는 토벌 전부터도 조선 내지의 교육제도와 교과서를 쓰고 있었다. 그러지 않을 수 없었다. 아무리 간도이기로 간도에서만의 교과서를 만들 수 없었기 때문이었다. 그랬는데 갑자기 중국 교과서를 써라? 웃으면서도 교장과 정수는 마음이 어둡지 않을 수 없었다.

중국 관헌의 명령이 잘 통하지 않고 있는 때이긴 했다. 그러나 이 지방은 영사관 관할 밖이다. 강력히 밀고 나가면 중국 측 당국의 명령에 좇지 않을 수 없기 때문이었다.

"두고 봅시다."

교장의 말이었다.

"교육이야 그 사람들이 잘 시키지마는……"

정수는 집안현, 대양차 학교에서의 배일교육을 생각했다.

"배일교육 말이오."

"그렇습니다."

교장과 정수는 은연중 아이들에게 그런 교육을 시키고 있었으므로 서로 회심의 웃음을 웃었다.

두 주일이 지났다.

빠두허즈[八道河子] 공안국(公安局) 순경 둘을 일부러 보내 왔다.

"왜 중국 국기를 달지 않느냐?"

직원실에 들어오면서 대뜸 눈을 부라렸다.

서슬이 퍼랬다.

마침 교장은 없어 정수가 대답했다. 임기응변이었다.

"오늘은 축제일이 아니라서."

"축제일? 날마다 달아야 해요."

"공문에 축제일에 달라고 해 있는걸요."

그리고 공문철을 뒤져 보이려고 했다.

"그런 거 필요 없어. 날마다 달기로 돼 있어요. 안 달면 학교 못 해요."

"학교 못 해요?"

"국기 안 달면 일본 학교와 어떻게 구별해요."

심상치 않다고 정수는 생각했다.

"일본 학교?"

"안 달면 일본 학교로 인정받게 될 거요. 학교 못 해요. 알아서……."

그리고 가버렸다.

호일학교만이 아닌 듯했다. 관내의 조선인 경영 학교를 순회 시찰하면서 그렇게 경고하고 있는 모양이었다.

"여간 강경하지 않습디다."

교장이 밖에서 돌아온 뒤 정수는 함께 걱정했다.

"아마 일본 출병설(出兵說)에 신경을 곤두세우는 모양이죠?"

교장의 말이었다. 정수는 그 말에 수긍했다.

"그런지도 모를 겁니다."

2

"일본이 동삼성과 몽고 지역을 전면적으로 점거하기 위해 출병을 준비 중이다."

최근 만주에 있는 중국 관민들 사이에 파다하게 떠돌고 있는 말이었다.

재경성(在京城) 중국 총영사가 장개석 중앙정부 주석에게 보낸 비밀전보에 근거를 둔 말이었다. 조선에 있는 일본군은 군수품의 정비와 전투훈련에 극도로 긴장하고 있다.

최근 엿보이는 것은 조선군 사령부가 돌연 금년 가을에 일중 국경에서 특별 대연습을 할 계획을 세우고 있는 것이다.

이 대군사 훈련을 수행하기 위해 본국으로부터 특별전기부대(特別戰技部隊)의 증파를 받아 국경 경비의 충실을 기하고 있다.

이 군사행동의 목적은 중국의 내란을 이용, 단번에 만몽(滿蒙)에 출병해 다년간의 현안이던 만몽침략의 야심을 다하려는 데 있다.

앞서 일본 군사참의관(軍事參議官) 시라가와[白川] 대장이 조선의 각 부대를 순회 시찰한 것은 이상의 계획을 준비하기 위해서다.

장개석은 이 비밀보고를 전재한 훈령(訓令)을 예속 각 군부기관에 전달했다.

"……특히 일중 국경에 관계 깊은 각 공서는 만일의 경우에 대비 경계를 게을리 하지 말고, 조선에서 일군의 행동을 감시하고 내사(內査)해 보고하라."

1928년 6월 손문(孫文) 생존 시 2차나 시도했다가 뜻을 이루지 못했던 북벌(北伐)에 완전히 성공해 중국 전토 18성(省) 방방곡곡에 청천백일기(靑天白日旗)를 휘날리게 만들었던 장개석에 대한 국민의 신망이 고조에 달하고 있을 무렵이었다.

그의 훈령이 무겁지 않을 수 없었다. 1월(1931년) 말경 훈령을 받은 직후였다. 나남 주둔군의 기병대 제27연대가 삼장 무산 방면에 내한행군(耐寒行軍)을 했다.

현지 중국 관헌들의 신경이 날카로워지지 않을 수 없었다.

대안의 관헌들은 더욱 그랬다. 무산 삼장 대안의 경찰서는 다른 구역의 경관의 증원을 얻어 경계를 게을리 하지 않았다. 그뿐이 아니었다. 삼장 경찰 기구 연말연시 경계를 한 일이 있었다. 대안의 공안 분국에서는 부근의 여러 공안 분국과 더불어 비상소집령을 내리고 긴장하고 있었다. 일군이 행동을 개시한 것으로 보았기 때문이었다. 군경의 움직임에 대해서만이 아니었다. 얼음을 건너 두만강을 넘어 다니던 조선사람들에게도 신경을 날카롭게 했다.

일체 조선에서의 월강자를 들여놓지 않았다.

혹 밤에 몰래 넘어오는 사람이 발견되는 경우 모조리 구금하고, 밤중에 수하(誰何)에 응하지 않을 때 발포해도 무방하다고까지 일선 경관에게 지시하고 있었다.

이렇고 보니 빠두허즈 공안국 순경의 청천백일기 게양 강요를 무시해 버릴 수 없었다.

3

"이거 골치 아픈 일입니다."
정수가 심각한 얼굴로 말했다.
"그래요."
교장도 이마에 주름살이 굵게 잡히고 있었다.
그러나 또 하나 골치 아픈 일이 생겼다.
일주일 뒤의 일이었다.
간도 중앙학교 교장 명의로 초청장이 왔다.
우리는 다 함께 조선 아동을 가르치고 있는 사람들이다. 제2의 국민인 아동들을 선도해 훈육하는 것이 우리 교육자들의 의무요, 책임이다. 이 의무와 책임을 다하기 위해 우리들에게는 많은 고충이 있는 것이다. 그리고 같은 길을 걷고 있는 것이다. 같은 길을 걷고 있는 우리들에게는 상호간의 친목도 필요한 것이다. 이런 뜻에서 친목 겸 간담의 자리를 마련하겠다. 참석해 주기 바란다―.
이런 뜻의 정중하고 친절한 초청문이었다.
"이건 또 무어요?"
교장의 말이었다.

"중앙학교 교장이 이런 초청장을?"

정수는 머리를 갸우뚱했다. 북간도 전역에 보조서당(補助書堂)이라는 이름으로 지분교(支分校)를 설치하고 있는 콧대 센 교장이 저의 학교와는 아무 관계없는 호일학교장에게 보낸 인사를 갖춘 초청장이기 때문이었다.

"중국 측에서 적극적으로 나오기 때문에 일 측에서 맞서는 게 아닙니까?"

정수의 말에 교감도 대뜸 머리를 끄덕였다.

"암요."

"모르는 체 하지요."

얕은꾀라 생각하고 정수가 하는 말이었다.

"모르는 체."

"우리 학교가 보조서당도 아닌 바에야."

"허긴 그렇소. 그러나 가보는 것도 좋을 거요."

"뭘요, 비위만 상했지 얻을 거 있겠어요?"

"얻을 거야 있건 없건, 아마 전 간도의 각 학교에 띄웠을 게요. 우리 학교 같은 조그만 데도 왔으니까……. 그렇다면 다 온다고는 할 수 없으나 많이들 올 거요. 이번 중국 측의 처사에 대해 중앙학교 측과는 달리 선생들끼리 사적으로 의견을 교환해 볼 수 있는 기회가 되지 않을까요?"

"글쎄요."

"이 선생 갔다 오시오."

"저요?"

"일본말도 잘하니까……."

감옥에서 자습한 일본말이었다.

예상 이상으로 많은 교장 또는 교장의 대리가 참석했다. 어쩌는가 보자는 심정에서였을까?

그리고 예상한 대로 영사관 경찰부 고등계의 정사복 간부 경관들의 임석과 형사들의 감시 밑에 중앙학교장의 연설이 있었다.

들으나마나였다. 예상했던 대로 추상적인 교육자의 의무와 책임과 천직론(天職論)을 이야기했다.

그리고 올라선 것이 스에마쯔 경찰부장이었다. 사복 차림이었다.

와락 적개심이 치솟았다. 왜 왔던가 싶어졌다. 자리를 박차고 나오고 싶었다. 그러나 그럴 수도 없었다. 오히려 뭘 지껄이나 들어 보고 싶은 마음의 여유가 생겼다. 그렇더라도 목소리를 들으니 억울했던 기억이 되살려지면서 귀에 말이 또렷이 들어오지 않았다.

과격하게는 이야기를 끌지 않았다. 그러나 끝 무렵에는 무척 뼈대 있는 말을 했다. 위협이라고 들을 수 있는 것이었다.

"······조선인의 국적이 어느 거냐를 명심해야 될 때가 되었다고 생각합니다. 아동을 훈육하는 교육자가 자칫 잘못하면 후회해도 때가 늦었다는 한탄이 나오지 않도록 해야 될 겁니다. 만약 국적을 잊는 일이 있다면 물론 어디에 있건 그 학교의 교직원들은 교직자의 자격을 상실한 사람이라고 간주하지 않을 수 없습니다. 이 점 깊이 생각해 거듭거듭 뉘우침이 없도록······"

청천백일기를 달지 않으면 폐교시킨다는 소박한 것에 비겨 얼마나 완곡한 경고인가?

"교사들 사이에서도 이렇다 할 통일된 묘안이 나오지 않았습니다."

돌아와서 정수는 대강 당일의 광경을 전하고 이렇게 말했다.

"묘안이 없다?"

"각자가 형편에 따를밖에 없다는 거죠."

"그렇게들 이야기해요?"

"예."

정수는 토벌 전 국민회 주최로 국자가 연길교 밑 사장에서 전 간도 학생체육대회가 열렸을 때의 일이 생각났다.

그때 전 간도의 각급 학교 학생들이 백여 리 길을 멀다 않고 연길로 모여들어 기세를 올렸던 기억이 소학생 시절의 일이었으나 기억에 생생했다.

'그랬는데 지금은?'

"형편이 어떻답디까?"

"왕청현의 신성학교는 보조서당인데두 중국 관청에서 삼민주의 교과서를 쓰지 않으면 안 된다고 했다나요? 못 한다고 했더니 강제 실시시키겠다고 윽박지르고 갔다는 얘깁니다."

"거기선 국기는 아니군."

"구수하(九水河)의 창흥학교는 이유 없이 2주일 내에 폐교하라는 명령이었다는 겁니다. 이유 없다고 버티고 수업을 했더니 하루는 교장과 교사를 국자가에 부르더라나요? 갔더니 구금해 버렸다는 겁니다. 학교는 자연히 문을 닫게 됐답니다."

"우리도 자칫하면 콩밥 먹게 되겠군."

교장이 웃었다.

"그 밖에는······."

북간도 181

정수는 들은 대로 몇 가지 딱한 경우를 이야기했다.

"골치군."

그랬으나, 호일학교에서는 중국 국기를 달 생각을 하지 않고 있었다. 교과서 채택은 더욱 그랬다.

국기란 나라의 표상, 함부로 달고 내리고 할 것이 아니기 때문이었고, 교과서의 변경도 있을 수 없는 일인 탓이었다.

그리고 같은 처지의 다른 학교에서도 중국 측의 명령을 좇는 데는 없었다.

그러던 어느 날이었다.

새 학년에 접어들어서였다.

"불이야!"

밤중이었다.

영애가 동네에 산고(産苦)를 겪고 있는 집에서 분만(分娩)을 도와주고 돌아오는 길이었다.

학교가 타고 있는 것을 보았다.

"여보 여보, 학교에 불이오."

"옛?"

정수는 뛰어갔다. 동네에서 총동원으로 껐으나 교실은 몽땅 타고 말았다.

"직원실에서 붙기 시작했다면서?"

"선생도 아무도 없었다는데……"

"난로나 숯불을 피울 때도 아니고……"

그러나 관할 빠두허즈 공안국에서는 실화(失火)로 간단히 처리해 버렸다.

학교는 문을 닫은 게 아니라 송두리째 없어지고 말았다.

4

중국 측이 이처럼 강력하게 나온 데는 장개석 주석의 훈령에 지나치게 자극이 되어서라고만 볼 수 없는 일이었다.

실제로 일본은 만몽출병을 획책하고 기회만 엿보고 있었기 때문이었다.

조선 반도를 발판으로 만몽을 침략하려는 야심은 청일·노일 전쟁 무렵부터의 일이었다.

두 전쟁에서의 승리, 조선의 식민지화, 세계대전에서의 승전은 야심의 실현에 한 걸음 한 걸음 가깝게 만들었다.

그랬는데 1930년에 접어들면서 심각해지기 시작한 세계적 경제 대공황(大恐慌)이 일본에도 파급해 왔다. 실업자가 속출하고 마르크스 레닌주의 사상이 학생과 지식층을 위시해 노동자 계급에까지 넓고 깊게 번지고 파 들어가 있었다.

지하에 있는 공산당의 조종으로 적색노동조합이 완강한 조직망을 펴고, 도처에서 노동쟁의가 무자비하게 빚어지고 있었다.

3·15(1929년), 4·16(1930년) 등의 대검거를 치르고 났음에도 일본 안의 마르크시즘의 불길은 좀처럼 가라앉지 않았다. 식민지 조선에도 그 불길이 번지고 있었다.

공산당이 지하에서 조직되고 있는 것은 물론, 소작쟁의가 단순히 경제투쟁의 범위를 넘어 반일 요소를 띠게 됐다.

6·10만세를 위시해 학생들의 항일 맹휴(盟休)가 광주학생 사건을 최고 절정으로 각지에서 뒤를 이어 일어났다.

간도에는 이입삼 코오스에 따른 조선인 공산주의자들의 항일적인 폭력 파괴행위가 있었고……

이대로 나아가다가는 일본이 어디로 갈지 알 수 없다고 특히 군부(軍部) 측에서 보고 있었다.

해이해진 국민정신, 비일본적인 파괴사상의 유행.

실업자의 배출구(排出口)를 마련해야 한다. 늘어진 국민정신을 진작시켜야 한다.

오랜 세월의 야망을 실천에 옮길 시기는 바로 이때라고 군부 측이 판단해 버렸다.

마침 중국은 장개석의 북벌 성공으로 전국에 청천백일기가 휘날리고 있어 국민들은 통일을 구가하고 있었으나 도처에서 반장파(反蔣派) 군벌들이 일어나 내란은 계속되고 있는 형세였다.

특히 만몽의 실력과 장작림이 일본인의 손에 의한 열차 폭발로 죽은 후(1928년) 그의 아들 장학량(張學良)이 그 자리를 차지했으나, 장개석군에 굴복한 후 겨우 만몽에서 명맥을 유지하고 있을 뿐 아버지에 비겨 무척 약질이었다.

이제 남은 것은 행동 개시뿐이었다.

이럴 무렵에 일어난 것이 만보산(萬寶山)사건이었다.

장춘현(長春縣), 만보산, 삼성포(三姓堡)의 중국인 토지를 장춘의 조선인들이 수전으로 개간하기로 했다.

중국 지주 중 개답(開畓)을 승인한 사람도 있고 응치 않는 사람도 있었다.

수도(水道) 공사에 착수했으나 옥신간신이 있어, 춘경기(春耕期)까지 해결이 나지 못했다. 중국 농민들은 밭곡식을 심었다.

그랬는데 진공 중이던 수도가 준공이 됐다. 뜰에서 물이 콸콸 흘러 이미 심어 자라고 있는 밭곡식을 물에 잠기게 했다.

중국 농민들이 분노했다. 삽, 괭이로 수도를 메우기 시작했다.

조선 농민들이 이에 대항했다. 때리고 맞고, 부상자가 약간 생겼다. 경찰이 출동했다.

충돌은 그것으로 끝났다. 대수롭지 않은 사건이었다. 그러나 이 사건은 조선 안의 신문에 잘못 보도되어 조선 내지의 민족적 의분을 불러일으켰다. 인천, 서울, 평양 등 큰 도시를 비롯해 각지에서 중국인을 박해하는 사태가 뒤를 잇게 됐다.

노동자, 농민, 장사꾼 들 중 본국으로 돌아가는 사람들이 많았다.

본국의 중국인들이 잠자코 있을 까닭이 없었다.

재만 조선인에 대한 보복심은 일본군의 만몽출병 준비에 반발하는 의분과 함께 이렇게 터뜨려진 것인지 모를 일이었다. 그러나 만보산 사건으로 생긴 한·중 민족 간의 감정대립은 국민당 정부의 훈령으로 더 확대되지 않았다. 만주에서의 전면적인 한·중 민족 사이의 충돌과 유혈사태를 바라고 있었던 일본 군부였었다. 출병의 직접 동기를 삼기 위해서, 두 민족 간의 대립을 은근히 조장하기도 했었다.

그러나 그것이 계획대로 되지 않았다. 약간의 실망이 아닐 수 없었다.

그렇더라도 중국 측의 만보산 근처에서의 조선인 추방, 영사관 경찰의 철수 등 요구에 맞서 중요한 문제점을 남겨 놓게 되었다.

이럴 무렵에 나카무라(中村) 사건이 일어났다. 나카무라 대위는 3명의 통역과 조수를 데리고 1931년 여름 동지철도(東支鐵道) 서부의 이륵극적(伊勒克的) 역에서 차를 타고 조남(洮南)에서 내려 깊숙이 들어간 한 지점에서 중국군에게 감금되었다가 일행 셋이 함께 사살되었다. 2월 하순의 일.

"이 사건은 일본 군대와 국민에 대한 모욕이다. 중국 측은 이 사건의 해결에 대해 성의를 보이지 않는다."

기회를 엿보던 일본 육군은 됐다 싶어 엄중 항의했다.

"관습상, 내지(內地) 여행 시에 외국인이 가져야 하는 여행증을 조사하기 위해 감금했고 도주하는 걸 감시병이 사살했다. 일행의 소지품 중에서 일본의 군사지도(軍事地圖)와 비밀수첩 등을 발견했다."

나카무라는 일본의 군사 밀정이라는 뜻을 풍기면서 중국은 일본 주장에 맞섰다.

그러면서 장학량은 중앙정부에 일본의 항의를 보고해 조사단을 현지에 파송하는 등의 조처를 취했다.

그러나 일본 측은 이 사건을 최고 절정으로 강경 외교를 펴고 있었다.

"이제 만몽 문제의 해결은 실력행사 이외에는 없다."

군부의 의견은 서슴지 않고 신문에 보도되었고, 그것은 여론으로 일본 전국을 지배했다.

이런 분위기 중에 이미 만주 각지에 침투되어 있는 일본군의 특무 기관(特務機關)은 비밀리에 적극 활동을 개시하고 있었다.

중국 측 현지 관헌들이 이에 대항해 강경히 나오고 있는 것이었다.

호일학교는 그 희생물의 하나였다.

고래 싸움에 등 터진 한 마리의 새우였다.

5

"글쎄 좋은 생각이다. 그렇지마는 내가 어디메 그럴 힘이 있능가? 요즈음은 자네도 알다시피 공산당이 갈개는 바람에 통 일이 앙이 되는구나."

현도는 대뜸 난처한 빛을 보였다.

교사를 재건하기 위해 정수는 현도의 협조를 청했다. 약간의 현금을 던져 주면 그것으로 재료를 사고 주민들의 부역(賦役)으로 우선 조그맣게 교실 서너 방을 짓겠노라고 말했던 거다.

"그렇더라도 어떡합니까. 아주방이가 힘을 보태 주셔야지."

"요즘은 살부회(殺父會)라는 거 조직해 서로 아버지를 엇바꿔 죽인다는 이야기가 앙인가? 서루 사상을 시험해 보기 위해서 그런다는 게야. 신문으 봤겠지? 등골이 오싹하는 이야기가 앙인가?"

학교 이야기는 제쳐놓고 현도는 공산당 비난에만 열중했다.

"이거 이대루 가다가는 앙이 돼. 학교구 뭐구 사람이 살 수 있어야지."

정수는 새마을의 어머니 있는 집으로 가버리고 말았다.

파리를 날리면서도 쭉 국수 장사를 하고 있었다. 긴 상을 구석에 밀어 치운 방, 낮에는 영업장소요, 밤이면 침실인 방에서 정수가 겨우 잠이 들 무렵이었다.

가까운 곳에서 천둥이 울리는 것 같은 폭음이 들려 왔다.

"이건 뭐야?"

"철교 다리 쪽에서 난 소림메."

어머니의 말이었다.

"철교?"

"저건 불이 아임둥?"

창덕이 처가 문을 열어 보고 놀라는 말이었다.

정수도 밖으로 나가 보았다.

동쪽에서 불길이 일어나고 있었다.

"저건 어딜까?"

"기차 정거장이 앙잉가?"

어머니의 말에,

"옳소꼬망. 옳소꽝이."

창덕이의 처의 확답이었다.

그러자 이번에는 벼락이 치는 것 같은 폭음이 들려 왔다.

"이건 또 어디야?"

"들어갑세, 들어가."

밖에 나왔던 가족을 쌍가매 할머니가 몰듯이 안으로 들여보내고 자신도 들어갔다.

덜덜 떨면서 위아랫방 문을 모조리 걸었다.

"어쩌잔 말이, 어쩌잔 말이……."

비봉촌, 혼춘―. 몇 번 마적의 습격에 놀란 가슴이었다. 쌍가매 할머니는 쾅 소리만 들어도 심장이 꿈틀대고 불길만 보아도 온몸이 떨리곤 했었다.

'철교 일부 파손.'

'천도 철도 용정 기관고(機關庫) 전소.'

'연락반(連絡班) 사무실 일부 파손.'

'공산당 만행?'

이튿날 현지 신문은 삼면을 이 기사로 메웠다.

연락반은 일본군 특무기관이 붙이고 있는 표면상의 간판이었다.

1년 전의 일이었으나 동척에의 투탄(投彈) 사건이 아직도 시민들의 기억에서 사라지고 있지 않았다. 그때 충격이 컸던 탓이었다.

이번 사건도 공산유격대의 소행이려니 생각해 별로 의심치 않았다.

"쯧, 쯧."

용정 시내에 갑자기 긴장감이 떠돌고 있었다. 공포 분위기가 감돌고 있었다.

'일경들이 어떻게 나올까?'

정수도 공산주의자들의 행동이라고 어슴푸레 생각했다.

구룡평에서 만났던 정수돌과 그 일행의 살기등등한 모습이 떠올랐다.

"……그래서 민족주의자는 반동이오."

사투리 심하던 젊은이의 적의에 찬 모습은 더욱 또렷해졌다.

그러나 이틀 뒤였다.

종일 학교재건기금 마련으로 돌아다니다가 늦게야 집으로 돌아왔다.

"이 사람아."

어머니가 은근하게 아들에게 전하는 말.

"공산당이 앙이랍메."

정수는 눈을 크게 뜨고 어머니를 보았다.

"뭣이?"

"그젯밤의 일이……."

"옛?"

"전에 우리 집에서 중네미르 하던 달섭이라는 아아가 있당이……."

ㅡ그제 낮이었다. 국숫집을 그만두고 하는 일 없이 빈들거리고 있는 달섭이에게 친구가 찾아왔다.

"너 돈벌이 앙이 하겠니?"

"돈벌이?"

"톡톡히 생긴다?"

"무슨 일인데?"

"간단해. 던지기만 하면 돼."

"던지다니……."

친구가 달섭이의 귀에 무어라고 속삭였다. 달섭이의 눈이 뚱그래지고 얼굴이 해쓱해졌다.

"못 하겠다. 잽히면 모가지가……."

"머저리, 너를 잡을 사람들이 되레 널 지켜 주는데두?"

"그래두."

"에이, 머저리."

그러나 마침내 승낙했다. 승낙뿐 아니었다. 친구 둘도 함께 끼게 했다. 밤이 되었다.

달섭이는 제가 소개한 친구와 셋이 해란강 철교 근처의 둑에 숨어 있었다. 손에는 각각 폭탄 두 개씩 쥐고 있었다.

어둠 속에서 철교와 강 건너를 번갈아 보면서…….

오래 기다렸다. 지루한 것보다 무섬증이 느껴졌다. 가슴이 더욱 두근거리는데,

번쩍, 번쩍, 번쩍.

강 건너에서 플래시가 세 번 명멸했다.

"자."

달섭이의 구호로 셋은 폭탄을 철교로 향해 힘껏 던졌다.

퉁탕탕…….

거의 그것과 같은 시각에 반대 방향의 변두리에서 천도 철도 기관고에 불이 일어나고 있었다. 그 뒤를 이어 영사관 옆 특무기관에도 쾅쾅…….

"그랬는데, 처음에 정한 돈으 다 주지 않더라는 겁메. 일으 하기 전에 얼매를 주고 나머지는 일으 한 담에 주기루 했다잼메. 되게 준다구 했던 모양입메. 그랬는데 앙이 주드라는 김메……."

달섭이가 소개한 청년 둘이 달섭이한테 독촉을 했다.

달섭이는 저한테 일을 시킨 친구를 기다렸으나 사건 후 끄떡 나타나지 않았다.

"네가 중간에서 먹어 버린 게 앵야?"

"내가 먹당이?"

"그러잰 담에야, 그기 쉬운 일이라구. 돈을 끄을 것인가?"

서로 언성이 높아지더니 손찌검으로까지 발전했다는 것이었다.

"달섭이가 얻어맞구 와서……."

호소한 이야기를 쌍가매가 아들에게 전한 것.

"그랬답니까?"

정수는 또 한 대 얻어맞은 듯했다.

가와가미[河上] 용정 주재 특무기관장은 만몽출병의 구실을 간도 지방에서도 마련하기 위해 획책하고 있었다.

이번 사건은 가와가미가 조선사람을 써서 꾸민 연극이었다. 10여 명의 청년들이 동원됐었다.

"간도 지방에도 철도 폭파, 기관고 소각 등 공비(共匪)의 폭행이 자심, 재류 주민이 전전긍긍, 치안이 극도로 혼란돼 있고 중국 측의 경비력으로는 재류민의 생명, 재산 안전을 유지할 수 없다."

사건과 더불어 보고했을밖에……

각지에서 출병의 구실을 하나하나 갖추어져 가고 있었다. 이제 더 기다릴 것도 없었다.

9월 18일 밤이었다.

일본군은 마침내 행동을 개시했다.

봉천 북방 유조구(柳條溝) 만철선(滿鐵線) 철로를 사복으로 변장한 군인으로 하여금 폭발케 했다.

그걸 도화선으로 삽시간에 봉천에 주둔중인 관동군은 봉천 시가를 점령하고 중국군의 북대영(北大營)을 공격했다.

같은 시각에 행동을 개시한 관동군은 조선군과 합력, 전 만철 연선과 안봉선(安奉線), 길봉선(吉奉線) 등의 각 중요 도시를 점령, 19일에는 벌써 만주 전역을 완전히 손아귀에 넣어 버렸다.

간도 지방에도 나남 사단이 진주했다.

만주사변이다.

만주는 하룻밤 사이에 딴 세상이 되었다. 일본이 되어 버린 것이다.

오랜 세월의 야망을 이룬 일본은 군력을 앞세우고 마음대로 행동했다.

점령 일본군은 치안을 확보하는 한편 청제국(淸帝國)의 최후의 왕 푸이[溥義]를 집정(執政)으로 삼는 정체(政體)를 마련했다가 그를 황제(皇帝)의 위에 올려놓고 만주국(滿洲國)의 독립을 선언했다.

1932년 3월의 일이었다.

민족협화(民族協和) 왕도정치(王道政治)를 건국이념으로 내세웠다. 장춘(長春)을 신경(新京)으로 개칭하고 수도(首都)로 정했다.

관동군 사령부도 신경으로 옮겼다. 꼭두각시 만주국 정부를 조정하기 위해 국무원(國務院)을 편성하고 국무총리(國務總理)를 위시, 각부(各部)를 임명, 정부의 체제를 갖추었다.

중앙집권제(中央集權制)였다. 성(省) 밑에 현(縣), 그 장(長)들도 임명했다. 귀순한 중국인으로……

그리고 건국이념의 구현을 위할 겸 행정의 자문기관으로 협화회(協和會)를 역시 중앙집권제로 조직했다.

장학량을 필두로 거물급은 물론, 지방의 수습 관공리들과 반만 항일 분자들은 일찍이 화북(華北) 지방으로 넘어가 자취를 감추고 있었다.

그렇더라도 최후까지 남아, 반만 항일하는 군인과 경관들이 있었다.

그러나 그들도 산으로 쫓겨 들어가 명맥을 유지했을 뿐 그것도 일본 군경의 가열한 토벌작전으로 사살되거나 뿔뿔이 도주하지 않을 수 없었다.

사변 직후 중국 정부는 국제연맹에 제소했었다.

릿튼 경을 수반으로 하는 조사단이 만주 현지로 파견됐다(1932년 2월). 국제 간섭은 일본으로서는 시끄러운 일이었다. 마침내 국제연맹에서도 탈퇴하고 말았다(1933년 3월).

이제 아무 제재도 받을 것이 없었다.

일본은 더욱 거리낌 없이 만주를 요리하고 있었다.

6

넓은 만주에서 북간도는 극히 작은 부분에 지나지 않는다.

오랜 세월의 동삼성의 지배자였던 장작림의 후계자 장학량이 고스란히 내맡기고 물러나지 않을 수 없었던 만주이고 보니 북간도쯤이야 일본의 눈으로 보아 아무것도 아니었다.

일본군은 진주하자, 먼저 공산 유격대의 토벌작전을 폈다. 그동안 현지 경찰이 애먹고 있었던 일을 해치운다는 것이었다.

더욱 그렇게 하도록 만든 것은 민생단원(民生團員)을 숙청한다는 명목으로 농촌의 양민들이 공산 행동대에 테러를 당하는 일이 많았기 때문이었다.

사변 직후, 부의 집정의 정권이 신경에 수립되었을 무렵이었다. 집정 체제가 민족협화를 건국이념으로 표방하는 국가 정권으로 발전할 움직임을 미리 안 유력자가 용정에 들어와 조선인 유지와 접촉했다.

"재만 조선인도 이 기회에 권리를 주장해야 한다. 그러기 위해서는 미리 힘을 합해야 한다."

공회당에서 전 간도의 지도자급을 모아 단체를 조직했다.

민생단이었다.

용정에 본부, 주요 도시에 지부, 농촌에 세포조직을 갖도록 했다. 그 일은 조직체계만 마련했을 뿐 실천단계에 들어가지도 못 하고 서울서 온 사람이 떠나 버린 뒤 흐지부지돼버리고 말았다.

그랬는데 공산 행동대들은 그 지방에서 협조에 성의를 보이지 않는 분자를 제재하는 데 민생단원의 낙인을 찍었다.

민생단원의 이름으로 참살된 양민들…….

일본 군경의 공산 유격대의 토벌작전으로 공산 행동대도 깊숙이 산속으로 숨어 버리게 됐다.

이제 간도 천지는 평온무사하게 됐다. 그러나 그것은 간도도 만주의 다른 지역과 더불어 일본이 되어 가고 있다는 증거 외에 아무것도 아니었다.

상삼봉에서의 경편 철도가 광궤(廣軌) 철로로 바뀌졌다.

경성에서 청진, 회령, 용정을 거쳐 길림, 신경에 급행(急行)이 쏜살같이 달렸다.

장진강(長津江)의 전기가 이곳까지 송전돼 왔다.

이름만 만주일 뿐, 간도일 뿐, 조선 내지와 다를 것이 없었다.

중일전쟁이 일어난 뒤에는 더욱 그랬다.

어둡던 간도도 환히 밝아졌다.

기후도 포근해진 듯했다.

흙도, 땅도 맑아진 것 같았다.

그러나 북간도는 어두워 가고 있었던 것이다.

언제 봉오골 싸움이 있었던가? 청산리 싸움이 무언가? 기억에 생생한 사람은 안타깝기만 했다. 그러나 그런 걸 즐겨 이야기하는 사람도 없었으나 듣고 싶어 하지도 않았다.

북간도는 점점 밝아지고 있었다.

동경 유학생도 많아졌고, 정부의 고관이 되는 사람도 늘어났다. 군인(軍人), 기사(技士)들도 배출됐다.

밝아진 북간도를 찾아 조선 내지에서 많은 사람들이 두만강을 건너왔다.

망명의 숨어 넘는 두만강이 아니었다. 급행을 타고 담배 한 모금에 넘는 두만강이었다.

한두 호의 가족들이 말 등에 솥을 싣고 눈보라에 휘몰리면서 넘는 두만강이 아니었다. 지도원의 인솔 밑에 개척민(開拓民)이라는 거룩한 이름으로 집단을 이루어 넘어오는 두만강 건너였다.

그러나 북간도는 어둠 속에 잠겨 가고 있었다.

그 뒤에 올 것

1

밝으나 어두운 시기를 정수는 광산촌의 조그만 학교에서 교편을 잡으면서 지내고 있었다.

천주교인이 많은 동네였다.

서편 산 밑에 성당이 있었다.

독일 신부 둘이 성사(聖事)를 맡아보고 있었다.

금광이었다. 그러나 광산은 북편으로 20리쯤 산속에 있었다.

현장에는 광부들의 숙소가 있을 뿐, 덕대(德大)들은 장거리에서 살고 있었다.

장거리는 번창했다. 그러나 성당 마을은 아늑하고 조용했다. 광산 관계자도 있었으나 토박이 농부들이 많았기 때문이었다.

성당이 있는 언덕 밑에 남향으로 학교가 있었다. 운동장도 꽤 넓었다.

영애는 그동안 산파 면허를 얻고 있었다.

호천개에서부터의 일이었다. 집에 '산파' 간판을 걸어 놓고 부르는 사람이 있으면 가서 해산을 도와주곤 했었다.

장거리의 주민들은 광산 경기로 흥청댔으므로 산파를 부르는 일이 많았다. 심심찮은 벌이였다.

호일학교의 재건운동도 만주사변의 발발로 중동무이해지고 말았다.

만주국 정부가 발족한 후에는 불타 없어진 학교는 없는 것으로 보고, 학교의 인가는 하지 않는 방침으로 나가고 있었다.

재건마저 암흑 속에 장사 지내지 않을 수 없었다.

얼마 동안 영애의 '산파' 간판을 용정 어머니 집에 붙여 놓았으나, 병원이 많은 용정, 더구나 새마을 같은 서민 구역에서는 부업이면 모를까 가계를 전담할 수입을 얻을 수 없었다.

거기에 벌써 아기 남매까지 네 식구였다.

건국 경기로 흥성대고 있었다. 직장도 많아졌다.

그러나 독립군 전과자인 정수를 받아들이는 직장은 없었다.

실직의 어두움이 정수를 더 어둡게 만들었다.

그러다가 호일학교장의 소개로 만난 사람이 빠두거우[八道溝] 성당 마을의 의사였다. 본래 회령 도립병원에 있다가 국정서 김좌진 부대에 입대, 적십자병원장을 지냈다고 했다.

"김좌진 장군 치료도 해드리고……."

양 의사는 정수가 홍범도 부대 출신임을 알고 회고의 정을 금치 못해 했다.

"우리 학교에 와 일 좀 도와주시오."

양 의사는 독실한 천주 교우였다. 성당의 회장이기도 하고 학교 운영에도 관계하고 있었다.

마침 빈자리가 있다는 것이었다. 도리어 독립군 전과자의 경력이 직장을 갖게 되는 데 도움이 된 셈이었다.

이곳에도 영사관 경찰서가 들어와 있었다.

그러나 해성학교(海星學校) 교사에겐 그다지 시끄럽게 굴지 않았다.

일본과 독일은 추축국(樞軸國)이기 때문이기도 했으나 정수가 조금도 불온한 내색을 하지 않았기 때문이었다.

그러나 성당 마을에 조그맣게 병원을 차려 놓고 교우들을 치료하고 있는 양상철(相哲) 의사와 둘이 만나기만 하면 흉금을 털어놓았다.

"애들이 큰코다쳤어."

그리고 서양 사람의 높은 코를 손으로 그려 보였다. 사변 직후의 출병 무렵, 거짓 미치광이 노릇으로 그들의 주목을 피했다고 했다. 그때의 버릇이 남아 있는 것인가? 우스개를 곧잘 했다.

일본이 진주만을 기습했을 때부터 '큰코'를 마치 암호나 되는 듯이 뇌곤 했다.

"좋아는 해두 큰코다쳤어."

일본이 승승장구하고 있을 무렵, 조그만 광산촌에도 전과(戰果)는 이내 전해졌다.

일본이 싱가포르를 점령했을 땐, 경축 기분이 여기까지도 넘실거리고 있었다.

좁은 거리, T자 형국의 두 길밖에 없는, 장거리를 밤에 제등행렬(提燈行列)로 왔다 갔다 하는 등 어린이들처럼 까불었다.

그때에 양 의사가 된 말이었다.

창씨개명(創氏改名), 황민화운동(皇民化運動)이 조선 내지와 마찬가지로 두만강 건너 북간도 천지에도 번져지고 있었다.

용정에는 황민회(皇民會)의 간판이 나붙기도 했다. 신사참배는 물론이고…….

광산촌에는 신사가 없었다. 원체 영사관 경찰 외에는 일본인이 없기 때문에 처음부터 그런 것을 지어 놓고 있지 않았다.

연길 용정에 다녀올 때마다 정수는 그것을 무척 다행으로 생각하곤 했다.

그러던 어느 날이었다.

양 의사가 용정에 갔다 오더니,

"나 별일 다 보겠쇠다."

정수를 보고 하는 말이었다.

"뭔데, 양 선생."

"지금이 어느 때라고 삼황오제(三皇五帝)의 비를 모셔 놓고 그 앞에 절하게 하며 부적을 써주고, 그러는 친구들이 있으니 말입니다."

"일종의 미신이군요."

"사교(邪敎)겠지요. 늙은이들이 아마 심심풀이로 시작했는지 모르지마는, 부적을 받아 가고 빗돌 앞에 절하는 사람들이 많아지는 모양입니다."

"부적 값이 비싸겠지요?"

"그렇겠지요."

"취체를 안 하는 게 다행이군요."

"빈틈없는 영감쟁이들이지. 집에다는 천조대신(天照大神)의 상(像)까지 얼러 모셔 놓았으니 무슨 취체가 있겠어요."

"아마데라스 오오미가미(해의 여신)도 모셨다?"

정수와 양 의사는 크게 웃었다.

"세상이 어두워지더니 간도가 갑자기 계룡산이 됐나?"

며칠 지나지 않아서였다.

"이 동지."

양 의사가 흥분을 억제하면서 정수를 찾아왔다.

"예."

처음으로 부르는 동지 칭호기 때문에 정수는 눈이 커졌다.

"때가 왔습니다."

"때가?"

"일본 연합함대가 전멸입니다."

정수는 심장이 꿈틀했다.

"산본(山本) 56함대 사령관이 전사하고……."

주임 신부가 단파를 듣고 넌지시 일러 주는 말이었다는 거다.

"그뿐 아닙니다. 독일군은 스탈린그라드에서 소련에 항복을 하고……."

"옛?"

"뭇솔리니도 오래지 않을 것 같다는 것입니다."

1943년 5월 무렵이었다.

"북아(北阿) 전선에서도 독일군이 항복했답니다."

주임 신부는 단파로 들은 정확한 전황(戰況)에 대해서 아무한테도 이야기를 하지 않았으나 이젠 끝장이 보이므로 양 의사에게 들려준 모양이었다.

"자, 때는 왔소"

"알겠습니다."

"조심하면서……."

"예."

 2

 무솔리니의 실각에 뒤이어, 이탈리아는 마침내 연합군에 항복했다.
 북아 상륙 연합군에 대한 북아 일대의 추축군의 항복과 스탈린그라드에서의 독일군 패전의 뒤를 잇는 이탈리아 항복이었다.
 유럽 전세는 이미 결정단계에 들어서고 있었다.
 드골 장군이 불란서 국민해방위원회를 결성하고, 11월엔 미·영·중 삼대국이 카이로에 회담, 한국의 노예상태에 유의해 적당한 시기에 자주독립하도록 할 것을 결의하는 단계에 이르고 있었다.
 일본은? 나야모도 연합함대의 전멸 이래 해상은 물론 점령했던 섬과 다른 지역에서 속속 미군의 반격을 받아 걷잡을 수 없이 무너져 가고 있었다.
 조선 내지에서는 5월의 해군 특별지원병제 실시의 뒤를 이어 8월에는 징병제를 공포했다. 그 뒤를 이을 학병제(1944년 1월)의 전제였었다.
 빤히 내다보이는 패전을 앞두고 일본 본토에서와 함께 최후의 몸부림을 치고 있었다.
 신부는 한번 알려준 뒤에는 비위에 거슬리지 않게 물어보면 곧잘 단파에서 들은 세계 소식을 간추려 전해 주었다.

정확한 소식을 알면 알수록 정수는 양 의사와 함께 초조하지 않을 수 없었다.

"미·영·중 삼국이 우리나라를 독립시켜 주겠다고 한다."

카이로 회담의 내용이 무엇보다 둘을 흥분케 만들었다.

연길과 용정 방면에 출장 갈 용무를 마련했다.

출장 가서는 옛 동지들을 찾았으나 간도에서 떠난 사람이 대부분이었다. 남아 있는 사람도 있었으나 터놓고 이야기할 사람이 얼마 되지 않았다.

그러나 몇 사람에겐 뜻을 통했다. 일본이 당해야 할 패전 후에 간도에 있는 우리 사람들이 취해야 할 태도, 그것보다도 그 패전을 한 시간이라도 앞당기게 하기 위한 투쟁방법.

이런 것을 의논하곤 했다.

그러나 눈에 불을 켜고 대드는 일본 경찰과 더구나 헌병의 감시 밑에 섣불리 조직체를 가려낼 수 없었다.

그러던 어느 날이었다.

겨울이었다. 맵짠 날.

만과(晚課)에 참례하고 성당 밖으로 나올 때였다.

성당 옆 어둠 속에서 텁수룩한 사람이 가까이 왔다.

"이 선생입니까?"

"예."

"나 좀 봅시다."

정수는 뜨끔했다.

'형사로구나……'

그러나 따라가지 않을 수 없었다.

성당 뒷산에 교우들의 묘지가 있었다. 수상한 사람은 그리로 아무 말도 없이 정수를 데리고 갔다.

봉분이 큰 묘 옆에 은신하듯 앉으면서,

"앉으시오"

정수도 앉지 않을 수 없었다.

"이정수 씨지요?"

"예."

"제창병원에서 일 보면서 고학했지요?"

"예."

"봉오골 전투에 참가했지요?"

"예."

수상한 사람은 바로 앉더니,

"혹 주인태라고 기억하십니까?"

정수의 얼굴을 똑바로 보고 물었다.

"주 선생!"

정수도 남자의 얼굴을 보았다.

그러나 주인태는 아니었다.

"알구말구요. 어떻게 됐습니까? 소식 못 들은 지 벌써……"

"잘 있습니다."

"어디요?"

"상해에 계셨으나 지금은 중경(重慶)에 계십니다."

"중경에?"

토벌 때 주인태는 비전투원이었으므로 청산리를 통하지 않고 직접 하발령을 넘어 돈화에 갔고, 거기서 다시 남만 북경을 거쳐 다른 동지들과 함께 상해에까지 갔다는 것이었다.

 임시정부에서 일을 보다가 중일전쟁이 터진 뒤엔 국민당 정부와 함께 중경으로 갔다는 것이었다.

 "……이 동지 이야기를 무척 하십디다. 청산리에서 죽지나 않았나고……. 걱정이 대단해요. 가거든 먼저 이 동지의 생사를 알아보고 살아 있으면 꼭 만나 보라고 당부를 하두군요."

 정수는 눈시울이 뜨거워졌다.

 "강녕하시구요?"

 "예, 아주 꼿꼿합니다. 대쪽이라는 별명이 붙었으니까……. 무던히 이 동지를 사랑했던 모양이죠? 독립선언서를 프린트할 때의 일부터 이 동지 얘기는 주 선생을 통해 자세히 알고 있습니다. 봉오동 전투에서는 무훈을 세웠다지요?"

 "천만의 말씀."

 "이렇게 만나서 다행입니다."

 그리고 중경에서 온 사람은,

 "나도 주 선생의 애제자입니다. 상해에서부터이지마는……."

 웃는 얼굴이 퍽으나 정다웠다.

 그 이상 자질구레한 이야기는 하지 않았으나, 일본의 패전을 눈앞에 놓고, 간도에서 독립운동을 부흥시킬 사명을 띠고 파견되어 온 것임을 알 수 있었다.

 봉천, 신경, 길림 등지를 돌아서 마지막으로 간도에 도착했노라고 했다.

그러지 않아도 투쟁의 방법을 모색하고 있던 이정수와 양상철이었다. 셋은 성당을 아지트로 마음 놓고 작전을 꾸밀 수 있었다.

독일의 전면적인 항복이 시간문제로 되자 일본 관헌들은 조선 내지의 천주교를 탄압하기 시작했다. 독일인 신부를 구속하고 조선인 신부는 신학생과 함께 군인 또는 군노무자(軍勞務者)로 징용하는 등. 그것만이 아니었다. 평양, 대전, 연안 등의 성당을 폐쇄, 병사(兵舍)로 사용하게 됐다.

"일본 나빠요"

본국 귀환을 준비하면서 간도의 독일 신부들도 일본에 반감을 품고 있었다.

성당이 좋은 아지트가 아닐 수 없었다.

그러던 하루였다.

"……거 영감들이 빗돌을 세워 놓고 치성을 부치게 하는 것 말입니다. 요즘 비각도 짓는다면서요?"

청림(靑林)이 말했다. 중경서 온 동지가 불러 달라는 이름이었다.

"예, 영모전(影慕殿)이라고……. 거기다는 삼황오제와 관운장, 쟁비 등등의 목상(木像)도 만들어 모신다는 겁니다."

양 의사가 부연했다.

"별꼴 다 보겠군."

정수는 그 집 짓는 비용을 주었으면 아쉬운 운동자금으로 쓸 수 있겠다고 생각하면서 뇌었다.

그러나 청림은,

"그걸 이용합시다."

활기를 띠고 말했다.

"이용?"

"천조대신도 모신다는데?"

양상철과 이정수는 각각 청림의 얼굴을 보았다. 심각한 얼굴로 청림은,

"좋은 보호색이오."

잘라 말했다.

"보호색이라?"

"어떻든 우리 사람을 많이 모이게 해야 합니다. 영감쟁이들이 하는 대로 주문을 외면서 기도를 드려도 좋고 절을 하도록 해도 좋소 경을 읽게 해도 좋고 부적을 팔게 해도 좋소 어떻든 사람을 많이 모이게 해야 됩니다. 거기서 대중에게 은근히 암시를 주기도 하고 모여드는 사람 중에서 한 사람 두 사람 일할 사람을 붙잡아 조직의 뿌리를 박고, 확대해 나가야 됩니다."

듣고만 있는 정수와 양 의사에게 청림은 말을 이었다.

"계룡산 사교의 영감쟁이들 모양 우리가 커다란 갓을 써도 아무 상관 없습니다. 하여튼 거길 뚫고 들어가고 그걸 이용해야 됩니다. 전술입니다. 급합니다."

3

학교 일 때문에 정수는 자주 영모전에 가지 못했으나 양상철은 병원은 문을 닫으나 다름없이 하고 청림과 함께 영모전에 틀어박혀 살고 있었다.

용정 해관 거리에 있었다.

그러다가 후에는 새마을에 큰 집을 얻고, 거기에 삼황오제 등의 위패를 모셔 놓고 그 앞에 제단(祭壇)을 꾸몄다. 이제 영모전을 지키는 영감들과는 따로 청림이 주재하는 기도소(祈禱所)가 새로 마련된 것이다. 주문 같은 것은 영모전 노인들의 것을 빌려 부르기도 했으나 청림 자신이 도도하게 차리고 앉아 도사 같기도 하고 계룡산의 무슨 교주(敎主) 같게 언동 거조를 꾸몄다.

기도드리러 오는 사람이 많아졌다.

가끔 함축이 있는 말도 했다.

정수와 양 의사는 과거의 동지들이나 현 시국을 일본이 선전하는 대로 받아들이지 않는 젊은 축들을 이리로 인도했다. 기도가 목적이 아니면서도 모여든 사람들이 또 늘어 갔다. 미리 청림은 집에 지하실과 비밀실을 마련하고 있었다.

복만을 빌려는 사람은 그런대로 사교의 교주로서 대해 주었고 함축 있는 말을 이해해 주는 사람에겐 동지로서의 손을 내밀었다.

학교 교사, 언론계에 있는 사람, 무위(無爲)를 가장하고 일본의 패전만을 기다리는 사람들…….

많은 사람들이 동지가 되어 가고 있었다.

지하실과 비밀실에서 청림, 양상철, 이정수들은 조직을 통한 행동 방법도 연마하고 있었다.

청림이 다녀온 봉천, 신경, 길림, 돈화 지방의 동지들과도 비밀리에 연락이 지어졌다.

어둡던 간도가 밝아 간다고 정수는 생각했다.

거짓 미치광이로 위급한 처지를 모면하고 독일 신부 그늘에 숨어 살던 양 의사도 벌써부터 해방을 맞이한 듯 들뜨고 있었다.

청림은 밀파의 사명을 다하고 있다는 사실이 너무도 대견했다.

그래서일까?

너무 쉽게 생각한 탓인지도 모를 일이었다.

독일이 항복했다.

북규슈[九州]와 동경에 B29가 연속 폭격을 했다.

일본 중요 도시에 소개령(疎開令)이 내려졌다.

경성에도 대낮에 B29가 큼직한 모습으로 하늘을 덮고 있었다.

밤이면 북쪽 무수단(無水端) 웅기(雄基)까지 B29가 날아왔다가는 기지로 돌아가곤 했다. 경성에는 B29가 빈 드럼통을 투하하는 장난을 하기도 하고

사이판도(島)에서 일군이 전멸했다.

도오죠[東條] 내각이 무너지고 고이소[小磯] 내각이 들어섰다.

"항복할 준비를 하고 있다."

아직 히로시마[廣島]와 나가사키[長崎]에 원자탄이 투하되지 않았으나 일본의 항복은 시간을 다투고 있었다.

손이 병신이기 때문에 최후까지 소집(召集)을 보류 받았던 일본인 교사까지 불리어 나가는 판국이었다.

조선사람으로 일본의 패전을 의심할 사람이 없었다.

'있을 까닭이 없다.'

이렇게 생각한 것이 잘못이었다.

청림은 물론 정수도 양 의사도 사람 가리는 데 너무 소홀했다.

마침내 하루 새벽, 집은 포위당하고 자고 있던 청림과 양 의사는 즉석에서 체포되었다.

같은 시각.

빠두거우 장거리 '임 산파' 집 문을 두드리는 소리에 깬 영애가,

"어느 집입니까?"

산모가 있어 모시러 온 줄 알고 문을 벗겼다.

들이닥친 건 정복과 사복 경관 세 명이었다.

"이정수."

"일어나."

정수는 자리에서 반항도 못 해보고 잡혔다.

4

미군이 유오지마[硫黃島]에 상륙했다.

일본 수비군이 전멸했다. 1945년 2월의 일.

뒤를 이어 오키나와[沖繩]에 상륙했다.

고이소 내각이 물러나고 스즈키[鈴木] 내각이 대신했다(4월).

소련이 소·일 중립조약(蘇日中立條約)을 연장치 않을 것을 일본에 통고했다.

B29의 도쿄, 요코하마 대폭격이 거듭됐다. 동경시가 허허벌판으로 변했다.

6월 오키나와의 일본군이 전멸했다.

이제 일본은 더 싸울 힘도 없었다.

오직 항복이 있을 뿐이었다.

그랬는데 8월 6일 아침이었다.

미군 제509부대는 B29에서 히로시마에 원자폭탄을 투하했다. 단 한 개의 폭탄이었다.

버섯구름 속에 34만 3천의 히로시마 총인구 중 7만 8천 1백50명이 죽고 5만 4천 1백8명의 부상자를 냈으며, 행방불명자의 수는 헤일 수 없었고 건물은 전멸의 파괴상이었다.

일본의 기세는 여지없이 꺾이고 말았다. 이젠 그대로 체념이었다. 조선 내지에서의 일본인도, 만주의 북간도의 일본인도 마찬가지였다.

그런 분위기는 감옥 안에도 감돌고 있었다.

청림, 이정수들의 사건은 청림의 이름을 붙여 청림교(靑林敎) 사건이라고 불러, 전 만주에 걸쳐 수백 명의 조선인을 검거했고 형을 받은 사람도 수십 명에 달했다.

청림은 고문으로 죽었으나 그 외에도 옥사한 사람이 3~4명 됐다.

정수는 양상철과 함께 고문에도 용케 견디어 낼 수 있었다.

6년의 형을 받았다.

그러나 복역지가 독립군 때 모양, 조선 내지가 아니었다. 재판도 간도(연길의 개명)에서 받고, 복역도 간도 감옥에서였다.

복역한 지 겨우 일 년이 되어 가고 있을 무렵이었다.

만주국의 옥살이는 중국인 복역자가 절대다수라는 것밖에, 서대문의 옥살이와 조금도 틀리지 않는 생활에 그나마도 익숙해 가고 있을 때였다.

감옥 안에 감돌고 있는 일본 형무관들의 당황하고 무기력하고 자포자

기적이고 신경질적인 언동엔 쓴웃음이 머금어지지 않을 수 없었다.

그러나 정수는 이때가 위태하다고 생각했다.

"막바지에 수감자들을 어떻게 처리할 것인가?"

점령군이 철퇴할 땐 죄수 더구나 반역한 죄수들을 처치하는 실례가 있다고 들었기 때문이다.

"양 동지, 조심해야 하오."

"그렇지. 자칫하면 솟는 해를 못 보니까."

양상철도 그게 걱정스러운 모양, 벌써부터 둘은 작업장에서 만나는 일이 있게 되면 이렇게 주고받곤 했었다.

8월 9일에는 미군 B29가 또 한 개의 버섯구름을 규슈의 나가사키 시가에서 피어오르게 만들었다.

그러자 그날, 소련은 일본에 대해 선전포고를 했다.

그러나 그 전날인 8일, 벌써 행동을 개시했었다.

동부(東部)의 소만 국경 일대를 돌파하고 물밀듯이 만주에 진격하고 있었다.

만주에 뿐이 아니었다.

웅기(雄基) 지방에도 진주했고, 군함은 바다로 청진(淸津)을 함포 사격하면서 상륙전을 펴고 있었다.

이런 소식이 감옥 안에도 전해 들어왔다.

"이제 끝장이다."

어둠이 물러가고 새벽이 온다.

그러나 정수는 긴장해지지 않을 수 없었다. 패퇴하는 일본인의 최후의 행패를 예상한 데서 가져지는 긴장이 아니었다.

이제 와선 그런 건 오히려 아무것도 아니었다.

새 아침에는 어떻게 할 것인가? 말쑥한 해가 떠올 것인가, 흐리터분한 날씨에 끄물끄물 해가 떠오를 것인가?

그러나 정수는 밤이 다하고 새벽이 오고 해가 뜰 것이 그저 좋다고만 생각하려고 했다.

8월 14일에 일본은 연합군에 무조건 항복했다.

다음날에 일본 천황 히로히도는 방송을 통해 국민에게 항복 조서를 읽었다.

만주에는 북간도에도 일본 천황의 목소리가 방송을 통해 널리 퍼졌다.

아무 일도 없이 형무관들은 옥문을 열어 주었다.

중국인의 잡범으로 수감된 사람들은 기쁨을 가슴 가득히 안고 있으나 이게 꿈이 아닌가 싶었던 모양 벙글벙글할 뿐 말이 없이 옥문 밖으로 나왔다.

옥문 밖에는 수감자의 가족과 친지들이 적지 않게 나와 있었다.

아직 소련군이 진주하지 않았으나 지방의 유지들이 임기응변으로 치안위원회를 조직하자 옥문부터 열어준 모양이었다.

마침 정수의 처 영애의 얼굴이 마중 나온 사람들 틈에 끼여 있었다.

간도(연길)에 볼일로 왔었는데 옥문이 열린다는 말을 듣고 달려온 것이었다.

양상철의 가족은 보이지 않았다.

양 의사를 위해 정수는 아내와 더불어 지나치게 기쁨을 나누는 것을 삼갔다.

"아이들은 탈 없소?"

그저 이렇게 물었을 뿐이었다.

"동일이는 전번 학기에 둘찌를 했고 동숙이는 저는 학교에 들어가면 일등 하겠다고 지금부터 벨루고 있어요."

영애도 조용히 말했다.

정수는 지난봄에 입학했을 아들과 한참 귀염둥일 딸을 눈앞에 떠올리면서 아내와 양 의사와 함께 감옥 정문에서 멀어지고 있었다.

(끝)

낱말 풀이
제3권(5부)

적수공권 맨손과 맨주먹이라는 뜻으로, 아무것도 가진 것이 없음.
호궤   犒饋, 군사들에게 음식을 주어 위로함.
이남박   안쪽에 여러 줄로 고랑이 지게 돌려 파서 만든 함지박.
산개하다 여럿으로 흩어져 벌어지다.
허덕간   '헛간(막 쓰는 물건을 쌓아 두는 광)'의 방언.
맹사   盲射, 목표물이 없이, 또는 목표물을 겨누지 않고 함부로 사격함.
포살   잡아 죽이다.
창황   미처 어찌할 사이 없이 매우 급작스러움.
좋이   거리, 수량, 시간 따위가 어느 한도에 미칠 만하게.
백군   白軍, 1917년 러시아 혁명 때, 공산당의 적군(赤軍)에 대항하여 정권을 다시 찾으려고 왕당파가 조직한 반혁명군.
민완   재빠른 팔이라는 뜻으로, 일을 제치 있고 빠르게 처리하는 솜씨를 이르는 말.
몽매   잠을 자면서 꿈을 꿈. 또는 그 꿈.
천재일우 좀처럼 만나기 어려운 좋은 기회.
옥쇄   玉碎, 부서져 옥이 된다는 뜻으로, 명예나 충절을 위하여 깨끗이 죽음을 이르는 말.
편의대   便衣隊, 예전에 중국에서 사복 차림으로 적 지역에 들어가서 후방을 교란하고 적정을 탐지하던 부대.
탄자   탄알.
소사   掃射, 기관총 따위를 상하좌우로 휘두르며 연달아 쏘다.
조우전   遭遇戰, 쌍방의 군대가 행군하다가 갑작스럽게 부딪쳐 벌이는 전투.
포복   匍匐, 배를 땅에 대고 김.
송아지동무 어렸을 때 함께 뛰놀던 동무.
불도가니 쇠가 녹아 몹시 뜨겁게 단 도가니.

관제	관리하여 통제함.
정려하다	힘을 다하여 부지런히 노력하다.
임석	행사 따위의 일이 벌어지는 자리에 참석함.
중의	여러 사람의 의견.
철시	撤市, 시장, 가게 따위가 문을 닫고 영업을 하지 아니함.
이반	인심이 떠나서 배반함.
상신	윗사람이나 관청 등에 일에 대한 의견이나 사정 따위를 말이나 글로 보고하다.
번의	飜意, 먹었던 마음을 뒤집음.
견인지구	堅忍持久, 굳게 참고 견디어 오래 버팀.
일화배척	일본의 경제적·군사적인 침략에 대항하여 펼친 중국 국민의 일본 상품 불매 운동.
객고	객지에서 고생을 겪음. 또는 그 고생.
호호야	好好爺, 인품이 아주 훌륭한 늙은이.
아스름하다	'아슴푸레하다'의 북한어.
언도	공판정에서 재판장이 판결을 알리는 일.
송국	수사 기관에서 피의자가 사건 서류와 함께 검찰청으로 넘겨져 보내지다.
미결구류	미결 구금. 범죄의 혐의를 받는 사람을 재판이 확정될 때까지 가두는 일.
중네미	중노미. 음식점, 여관 따위에서 허드렛일을 하는 남자.
갈개다	남의 일을 방해하거나 남을 해롭게 하다.
고창하다	노래, 구호, 만세 따위를 큰 소리로 부르거나 외치다.
근친	시집간 딸이 친정에 가서 부모를 봄.
트릿	먹은 음식이 잘 소화되지 아니하여 가슴이 거북하다.
채근	어떻게 행동하기를 따지어 독촉함.
청천백일기	青天白日旗, 중화민국의 국기.
내한행군	耐寒行軍, 추위를 견디는 힘을 기르기 위하여 추위를 무릅쓰고 하는 행군.
간담	서로 정답게 이야기를 주고받음. 또는 그 이야기.
개답	開畓, 논을 새로 만듦. 또는 그 논.
기관고	機關庫, 기관차를 넣어 두거나 수리하는 차고. 또는 이와 관련된 종업원의 근무 장소.
자심	매우 심함.
집정	執政, 집정자(정권을 잡고 있는 사람).
덕대	德大, 광산 임자와 계약을 맺고 광산의 일부를 떼어 맡아 광부를 데리

	고 광물을 캐는 사람.
추축국	樞軸國. 제2차 세계 대전 때에 일본, 독일, 이탈리아가 맺은 삼국 동맹을 지지하여 미국, 영국, 프랑스 등의 연합국과 대립한 여러 나라.
삼황오제	三皇五帝. 중국 고대 전설에 나오는 삼황과 오제를 아울러 이르는 말.
단파	단파 방송.
만과	晩課. 저녁 기도.
강녕	몸이 건강하고 마음이 편안하다.
거조	말이나 행동 따위를 하는 태도.
밀파	어떤 임무를 맡겨 비밀히 사람을 보냄.

작품 해설

만주개척 서사와 기억의 중층성
안수길의 『북간도』

한수영(동아대 교수)

1. 『북간도』의 서지에 관하여

안수길의 소설 『북간도』는 애초에 <문학예술>지에 1958년부터 장기 연재에 들어갈 예정이었다가 잡지가 종간되면서 발표 자체도 무산되었다. 그러다가 1959년 4월, <문학예술>지에 연재하려던 1차 연재분에 약 400매 정도를 덧보태 <사상계>에 제1부의 연재를 시작하게 되었다. 이어서 1960년 4월에 제2부를, 1963년 1월에 제3부를 발표했다. 그 후, 1967년 제4부와 5부를, 연재를 거치지 않은 전작으로 발표하여 '삼중당'에서 장편 『북간도』의 완성본을 냈다. 그러므로 『북간도』는 구상 단계를 빼더라도 어림잡아 약 10년에 걸쳐 완성된 소설이라고 할 수 있다. 1967년본을 복간한 '삼중당본(1994년 중판본)'과 '사상계 연재본'을 비교해 보면 두 판본 사이에 부분적인 개작이 있었음을 알 수 있다. 그러나 이 개작은 내용 전개상 결정적인 차이라고 보기는 어려운 것으로, 예컨대, '사상계본'에는 소제목이 없고 제1부, 서장, 제1장, 제2장…… 순으로 나가는데 비해, '삼중당본'에는 각 부에 소제목이 붙고, 이를 작은 소절로 나누는 새로운 방식을 택하는 정도의 차이다. 또 등장인물의 이름이 두 판본 사이에 달라지는 경우가 있는데, 대표적인 경우가 종성부사인 '김우식'이다. '사상계본'에는 시종일관 '김우식'으로 나오다가 '삼중당본'에서 '이정래'로 바뀐다. 아마 작가가 역사적 사실을 확인한 후 고친 듯하다. 그 외에도 인물의 대화나 지문의 여러 곳을 고친 흔적이 보이는데, 이것 역시 단행본을 내면서 작가가 판단하기에 어색하거나 성근 부분을 보완한 수준의 개작이라고 볼 수 있다. 분량상 가장 많이 손을 댄듯한 제1부 8장의 경우 '사상계본(1959년 4월호 421면)'에 비해 '삼중당본(하권 142~147면)'은 해당부분의 서술을 많이 늘려 새로 썼는데, 주로 묘사의 핍진성과 대화 부분의 사실성을 높일 목적으로 고친 것이다.

2. 『북간도』를 읽기 위한 두 개의 좌표

장편 『북간도』가 작가 안수길의 필생의 대표작이라는 점에 대해서는 누구도 부인하기 어려울 것이다. 40여 년에 걸친 작가 활동을 통해 수많은 장·단편을 발표했지만, 역시 문학사에 그의 이름을 우뚝 세운 것은 장편 『북간도』의 성가(聲價)에 힘입은 바가 컸다. 그러나 역설적으로 안수길을 대표하는 작품으로 인정받아 온 이 소설이 진정 제대로 해석되고 이해되었는가를 묻는다면, 그 대답은 다소 회의적이라고 할 수 있다. 왜냐하면, 대부분의 비평이나 연구가 이 소설을 특정한 관점이나 시각에서 해석해 왔기 때문이다. 장편 『북간도』를 좀 더 다양한 시각을 통해 입체적으로 읽기 위해서는 우선 다음과 같은 두 개의 좌표를 설정할 필요가 있다. 첫째로, 이 소설이 한국근대문학사의 통칭(統稱) '만주문학'

의 계보 안에서 어떤 위치와 성격을 지니는 작품인가를 이해하는 것, 다른 하나는 작가 안수길의 작품 세계 안에서, 특히 '만주'를 배경으로 하거나 '만주'에 관한 재현 서사의 계보 안에서 어떤 위치와 성격을 띠는 작품인가를 이해하는 것. 이 두 개의 좌표를 겹쳐 놓은 지점에 『북간도』를 얹어 놓았을 때, 우리는 이 소설이 지닌 진정한 개성과 의미, 그리고 그것이 이룬 성과와 한계를 다각도로 이해할 수 있게 될 것이다.

　두 가지 좌표 중에서 첫 번째 문제부터 살펴보기로 하자. 우선, '만주' 공간이 한국 근대문학사에서 뚜렷한 공간적 지위와 문학적 표상을 획득하게 된 것과 만주에서 형성된 한국문학, 이 두 가지는 일단 구분할 필요가 있다. 앞의 경우는 창작자가 만주에 거주하지 않아도 가능한 것이지만, 후자는 창작자의 만주 거주 사실이 매우 중요하게 작용하기 때문이다. 전자를 따로 지칭하는 범주는 아직 만들어지지 않았고(그래서 편의상 앞에서 통칭 '만주문학'이라고 썼다), 후자의 경우는 논자에 따라 '재만(在滿)한국문학', '만주소설', '중국 조선족문학' 등으로 불린다. 경우에 따라 이 두 개의 범주는 서로 겹치는 부분도 없지 않지만, 엄밀한 의미에서 다르다. 가령, 안수길의 「벼」나 「새벽」과 같은 작품은 두 가지 경우 모두에 해당하지만, 그의 해방 이후 작품인 『북간도』는 전자에만 해당하고 후자에는 해당하지 않는다.

　한국 근대문학사에서 '만주' 공간의 표상은 다시 두 개의 층위로 나누어진다. 그 첫 번째 층위가 '만주'의 문학사적 표상을 '친일/항일'의 구도 속에서 이해하는 관점이다. 특히, 1932년 만주국 건설 이후 이른바 '재만조선인문단'이 형성된 이후의 작품들은 철저히 이 구도 속에서 해석되어 왔으며, 논의의 대부분이 작품의 특정 인물이나 사건을 '친일적인 것'으로 간주할 것이냐 아니냐를 따지는 데 집중되었다.

'만주'의 문학사적 표상을 '항일'의 축에 놓고 이해했을 때, 이것은 다시 '수난'과 '저항'으로 크게 나누어진다. 19세기 후반부터 본격적으로 시작된 한민족의 만주 이주는 탈향과 정착 과정에서 형언하기 어려운 고통과 좌절을 감당해야 했으며, 이주를 둘러싼 이 과정이 고스란히 문학 작품 내에서는 '수난의 기록'으로 반영되었다. 더욱이 민족이 국권을 빼앗겼던 일제강점하에서는 이주를 불가피하도록 만든 정치·경제적 강제성, 곧 식민지배 정책의 수탈과 착취로 인해 이러한 '수난으로서의 민족 서사'가 만주의 중요한 문학적 표상으로 자리 잡게 되었다. 이러한 표상 형식의 계보에서 맨 앞자리를 차지하는 것이 바로 최서해의 작품들일 것이다.

'수난'이나 '궁핍에 의한 탈향'의 기록과는 또 다른 문학적 표상이 '저항 공간으로서의 만주'이다. 만주는 1910년대 전후로 해서는 민족주의에 기반한 항일운동이, 그리고 1920년대 이후로는 사회주의에 기반한 항일운동이 줄기차게 이어져 내려온 근거지의 역할을 했다. 이러한 역사적 사실이 작품 속에 적극적으로 반영된 경우로는 강경애를 들 수 있으며, 가장 적극적인 형태로 드러나는 경우는 북한의 항일혁명문학을 꼽을 수 있다. 특히, 강경애는 만주사변과 만주건국을 전후한 시기인 1931~1932년 무렵부터 간도와 용정 일대에 살면서 간도 지방을 중심으로 펼쳐지는 항일무장세력의 활동에 대해 관심을 표명하고, 이후 자신의 작품에 간도 공산주의자들의 활동을 직·간접으로 반영하는 데 주력했다.

한국근대문학사의 전개과정에 노정된 이러한 '만주문학'의 계보를 전제로 할 때, 안수길의 장편『북간도』는 앞에서 말한 대로, 최서해와 강경애 이후 끊어졌던 한민족의 '만주 체험'을 해방 이후 처음으로 다시 문학사의 중심에 복원시켰다는 점에서 중요한 의미를 지닌다. 왜냐하면, 이 소설은 이한복 일가를 중심으로 한 간도 이주농민의 역사가 핍진하게 묘사되는 전반부에 이어, 간도에서 전개되었던 항일운동의 중요한 지점들을 작품 후반부의 전면에 배치하고 있기 때문이다. 그러므로 이 소설은 일종의 '만주개척서사'에 해당하는 것으로, 간도 이주민의 이주와 정착에 따른 수난과 고통, 그리고 만주의 일본제국주의 세력에 맞서는 저항의 역사를 형상화함으로써, 넓게는 최서해와 강경애에 이어지는 수난과 저항으로서의 '만주 재현 서사'의 계보에 놓인다고 볼 수 있다.

그러나 다른 한편으로, 『북간도』는 안수길 자신이 해방 전에 썼던 일련의 작품들, 즉 「호가네지팡」(1935)에서부터 장편 『북향보』(1944)에 이르기까지의 문학에서 보여주었던 '만주 체험의 형상화 방식'을 상당 부분 수정해서 펼쳐 보이고 있다는 사실에 주목해 볼 필요가 있다. 다시 말하면, 이것이 『북간도』를 읽는 두 번째 문학사의 좌표로서, 안수길의 '만주 재현 문학'의 계보 안에서 『북간도』의 위치와 성격을 가늠해 보는 일이다. 이미 여러 논자들이 지적했다시피 해방 전 안수길 소설에 나타난 '만주'의 문학적 표상에서 '저항'을 읽어낸다는 것은 어려운 일이다. 이러한 사실이 그의 문학을 '범(凡)친일문학'으로 간주하도록 만드는 중요한 이유가 되었다. 그러나 『북간도』는 소설 전체에 걸쳐 민족주의에 기반을 둔 '저항의 서사'가 가로지르고 있다. 안수길이 만주에 살던 시절의 '재만문학'과 해방 후에 집필한 『북간도』 사이에 내재하는 이러한 형상화 논리의 큰 변화는, 안수길 자신이 자발적이었든 비자발적이었든, 해방 이전에 쓴 작품에서 만주국 이념에 동조하고 이를 적극적으로 선양했던 사실을 부끄럽게 여기고, 해방 이후에 그 체험을 다시 형상화하면서 적극적인 저항의 서사로 재해석하려고 애쓴 결과라고 볼 수 있다. 이런 사실은 해방 전에 발표했던 작품들을 작가 스스로 여러 군데 고치고 다듬은 데서 확인할 수 있으며, 대체로 손을 댄 부분이 만주국의 이념에 동조하거나, 생존을 위해 일본의 국가적 권위에 기댈 수밖에 없었음을 솔직하게 묘사하고 있는 부분이다.

해방 전 안수길 텍스트를 지배하는 중심적인 의식은 '이주자'로서의 '자기정체성'이다. '이주자'란 어떤 이유에서든 자기가 나고 자란 땅을 떠나 새로운 곳으로 삶의 터전을 옮긴 사람을 말한다. 그리고 '이주자'에게 가장 중요한 덕목은 새로운 땅에서 '생존해야 한다'는 사실이다. 안수길 소설이 지닌 약점은, 재만조선농민의 삶을 다루면서 '이주'의 역사적 계기, 즉 식민지 치하에서 '자기 땅에서 유배된 자'라는 사실을 그다지 강조하지 않는다는 점이라고 할 수 있다. 그가 본격적으로 활동을 시작한 시기가 만주국 건국 후인 1930년대 후반이었으므로 정황상 '이주'의 역사적 계기를 상세히 밝힌다는 것은 어려웠을 것이다. 그러나 해방 이후에 쓴 『북간도』에서도 초기 이주자들이 '굶주림'과 '봉건학정'에 견디지 못해 월강(越江)한 과정만 자세히 묘사되어 있을 뿐, '이주'를 둘러싼 식민지배 체제에서의 정치·경제적 배경은 그다지 주밀하게 그리고 있지 않다. 이것은 안수길이 재만조선이주민들을 '자기 땅에서 유배당한 자'로, 즉 '자기의 땅으로 돌아가야 할 자'로 보고 있지 않으며, '새로운 땅에서 뿌리를 내리고 살아야 할 자'들에 무게중심을 두고 이해했음을 보여준다. 따라서 '자기 땅'으로의 '귀환'보다는 '새로운 땅'에서의 '정주(定住)'와 '안착(安着)'이 훨씬 더 중요한 문제였다. 그러므로 '이주'와 '정주'라는 구도 하에서 안수길의 '만주' 인식을 이해할 경우, 1930년대 후반, 즉 만주국 건국 이후의 재만조선인 및 '만주' 공간을 보는 안수길의 시각은 간난신고 끝에 겨우 발견한 '정주의 가능성'에 초점이 맞추어져 있었다고 볼 수 있다.

재만 조선인 이주민을 둘러싸고 형성된 민족적(民族籍)과 국적(國籍)의 모순, 그리고 여기서 빚어진 토지 소유권 및 경작권의 복잡한 법적 문제, 이질적인 만주의 문화와 언어에서 오는 갈등, 그리고, 이주민들을 괴롭힌 자연과의 싸움 등, 재만조선인들이 당면해야 했던 정치적·문화적·기술적인 난관이 모두 '독립된 민족국가의 부재'로 환원되는 것은 아니며, 따라서 그 난관의 극복 의지가 '민족 독립'으로 수렴되는 것은 아니다. 어떤 문제는 그것에 연관되기도 하지만, 또 어떤 문제는 그것을 넘어서 있기 때문이다. 해방 전 안수길의 '만주 인식'은 이 지점 위에 서 있었다.

그런데, 해방 이후 '만주'에 대한 그의 시각을 전면적으로 수정하지 않으면 안 되는 외적 강제와 자기검열에 부딪치면서, 안수길의 '만주' 인식에는 불가피한 굴절과 균열이 생겨나지 않을 수 없었다. 앞에서 해방 이후에 「목축기」, 「새벽」, 「벼」 등을 개작했다고 밝힌 바 있지만, 그가 이 작품들을 기꺼이 고쳐 썼으리라 생각하기는 어렵다. 부분적으로 만주국 건국의 의의를 과장한 부분, 혹은 당시의 검열을 의식해 민족적 색채를 강하게 드러내지 못한 부분 등을 삭제하거나 덧붙인 정도는 그스스로도 인정할 수 있었겠지만, 재만조선인의 특수성을 '민족주의'의 프리즘으로 단순화시킬 수밖에 없었던 것이나, 나아가 '만주'를 '새로운 정주지(定住地)'로서 '살만한 곳'으로 그려서는 안 되는 강박마저도 기꺼이 받아들기는 어려웠을 것이다. 그에게는 '고향이냐 아니냐', '조국이냐 이국이냐' 하는 '공간'의 본질이 중요한 것이 아니라, 삶의 기반과 '생활'이 존재하는 '정주지인가 아닌가'의 문제가 훨씬 더 중요한 것이었기 때문이다. 통속적인 수사를 빌린다면, 그에게 고향은 따로 있는 것이 아니라 '정들면 고향'인 것이고, 그런 맥락에서 '만주'는 사실상 그에게 정신과 육체의 '고향'으로 각인되어 있었다.

이러한 사실은 해방 이후 3년의 공백을 끝내고 발표한 소설들에서 확연히 드러난다. 안수길은 해방되기 두 달 전 요양을 위해 고향 함흥으로 돌아가 3년 동안 병마와 싸웠다. 그리고 1948년 가족과 함께 월남해 남쪽에서 새로운 삶을 시작한다. <경향신문> 기자로 입사한 그는 월남한 이듬해부터 활발하게 작품을 발표하는데, 그 중에서도 「범속(凡俗)」(1949)과 「여수(旅愁)」(1949)는 미처 '민족주의'의 외적 강박에 직면하기 이전의, 그래서 그가 견지하고 있던 '만주' 인식이 비교적 '날 것' 그대로 생생하게 드러나고 있는 작품이어서 주목할 필요가 있다. 흥미로운 것은, 월남한 안수길이 그 자신을 포함한 월남자 그룹을 새로운 '이주자'로 규정하고 있다는 사실이다. 더욱이 자신처럼 해방 전 '만주'에 살다가 해방과 더불어 귀환한 후, 다시 '월남'한 사람은 '이중의 이주자'라는 점에서 단순월남자보다 한결 복잡하고 중층적인 집단으로 이해하고 있다. 그리고 이들, 특히 안수길과 같은 '이중 이주자'들에게는, 마치 해방 전 재만 조선인들에게 '조선'이 고향이고 '만주'가 '이주지'였던 이치와 마찬가지로, '만주'가 고향이고 '남한'이 '새로운 이주지'가 되는, 역설적인 지형학이 성립되는 것이다. 그러므로, 낯선 '이주지'인 '남한'에서 '고향'인 '만주'를 그리워하는 '향수(鄕愁)'가 나타나는 것은 지극히 자연스러운 귀결이다. 그에게 '남한'은 '조국'으로서가 아니라 '낯선 이주지'로 다가왔다. 이것은 일종의 '만주 노스탤지어'라고 부를 만한 것이다.

3. 『북간도』의 '만주' 인식과 형상화의 특징

안수길의 대표작이자 그를 한국문학사에서 '만주문학'의 대표 작가로 부각시키는 데 일등 공신의 역할을 한 『북간도』는, 이런 복잡한 안수길의 '만주 인식'의 굴절 과정을 거쳐서 도달한 일종의 기착지(寄着地)였다. 그렇다면, 『북간도』에는 해방 전 안수길이 견지했던 '만주' 인식과는 얼마나 달라진 '만주'가 그려진 것일까. 결론부터 말하자면, 안수길은 자신이 경험하고 인식했던 '만주'의 체험과 기억을 완전히 포기하지 못하고 있다. 원래 '만주'를 문학 안에서 '저항의 공간'으로 설정하지 않았던 안수길에게 있어서 해방 이후의 이러한 이념적 선회, 혹은 인식의 전환은 필연적으로 작품 형상화 과정에서의 균열과 혼란을 불러오지 않을 수 없었다. 『북간도』는 이미 몇몇 논자가 지적한 바 있듯이, 소설의 전반부와 후반부를 지배하는 서사의 원리가 크게 구분된다. '생존의 논리'를 '일상의 이념'으로, 그리고 '저항의 논리'를 '역사의 이념'으로 환원시켜 해석하는 것이 가능하다면, 안수길의 『북간도』는 표면적으로 '역사의 이념'이 '일상의 이념'을 극복하는 것처럼 보이지만, 그 이면에는 여전히 '일상의 이념'이 완강하게 버티고 서서, '역사의 이념'을 밀어내고 있는 것이다.

소설 『북간도』는 이한복—이장손—이창윤—이정수로 이어지는 이씨 일가의 만주(좁혀 말하면 간도) 개척이민사라고 부를 만한 소설이다. 일반적으로 만주 이민사는 1869년을 기점으로 본격화되었다고 한다. 그 이전에도 간헐적인 입만(入滿)이 없었던 것은 아니지만, 만주 지역이 청의 발상지라 하여 신성하게 여기고, 일반 사람은 물론 외국인에게도 출입을 엄격히 금하여 200여 년을 내려오는 동안, 사람의 발길이 닿지 않아 천연옥토가 형성되었다. 조선에서는 1869년 북쪽 지역을 중심으로 미증유의 대규모 가뭄과 흉년이 겹쳐 굶주림에 지친 백성들이 목숨을 걸고 두만강을 넘어 간도에 들어가 '도둑 농사'를 짓기 시작하면서, 이주의 전조가 시작되었던 것이다.

    소설의 1대 주인공인 이한복은 바로 이 무렵 간도에 들어가니, 재만 조선인 이주민의 제세대에 해당한다. 이민 1세대 이한복의 인식은 상당히 복잡하다. 우선 그는 어렸을 적에 할아버지를 따라 백두산에 올라, 간도가 조선 땅임을 표시하는 '백두산정계비'를 본 적이 있다. 그는 나중에 종성부사와 함께 이 정계비를 다시 찾아가서, 자신의 월강 행위가 결코 위법이 아님을 입증코자 한다. 즉, 그는 조선 후기의 '고토회복' 이데올로기와 매개된 '만주'의 표상을 계승하고 있는 것이다. 간도가 원래는 조선 땅임을 굳건하게 믿고 있는 이한복은, 문화적으로 그들보다 우월하다는 자부심도 함께 지니고 있다. 자신의 사랑하는 손자가 청인 동복산의 밭에서 감자를 캐다가 붙들려가서 매를 맞고 흑복변발을 해서 집으로 돌아왔을 때, 그 충격을 이기지 못하고 손자의 변발을 삭발하다가 쓰러져 불귀의 객이 되고마는 장면이 이한복의 문화적 우월감과 이주민으로서의 자존심을 상징적으로 보여준다.

    입적해라. 흑복변발(黑服辮髮)을 해라……. 관청은 그들이 처음 통고한 정책을 조선 농민에게 강요했고 이민들은(청국 이민들을 가리킴-인용자) 국권의 힘을 믿고 조선사람을 압박했다. 그러나 그들이 국권을 뒷받침한 실력을 행사한다면 우리는 피땀으로 개척한 공로가 있다. 조선농민이 만만히 물러설 까닭이 없었다. (…중략…)

강제 부역도 감자나 조밥을 먹으나 생활고에 세도 척신의 눈꼴사나운 일도 없었던 이 고장은 조선 농민의 안식처였다. 그런 이 고장을 쉽게 팽개치고 어디로 갈 것인가?

그렇다고 입적귀화(入籍歸化)해 청국사람이 될 수도 없었다. 어떻게 흰 옷을 소매 긴 청복으로 바꿔 입고, 상투를 풀어 등 뒤로 드리울 수 있을까? '민족의 얼'이 용서하지 않았다(안수길,『북간도-상』, 삼중당, 1994, 64~65면. 앞으로『북간도』를 직접 인용할 경우에는 인용문 끝에 (상권, 64면)의 형태로 표기함).

이주민 1세대들은, 자신들이 개척한 비봉촌에 대해 고향보다 더 강한 애착을 지니고 있다. 이들은 비록 고향을 떠나 물설고 낯선 간도에 새롭게 뿌리를 내렸지만, 그것은 고국에서의 봉건학정으로 자유로울 수 있었기 때문에 아쉽지 않았다. 더구나, 토착민인 청인들에 비해 문화적으로 우월하다는 인식(이 우월감은 조선후기부터 이어져 내려오던 소중화사상의 연장이다)이 지배적이었기 때문에, 이주민으로서 원주민과의 문화적 동질화는 도저히 불가능한 형편임을 짐작할 수 있다. 유일한 아쉬움이라면, 자신들이 개척한 땅에 대한 지분을 보장해 주지 못하는 조국의 허약한 국권이었지만, 이것조차도 봉건정부에 대한 불신과 혐오에 의해 온전한 형태의 '국가의식'이라고 보기 어려웠다.

이한복으로 대표되는 이주민 1세대의 의식은 이처럼 복잡 미묘하게 형성되고 있었다. 그것은 최서해나 강경애로부터 발견할 수 없는 독특한 성격을 지닌 것으로, 조국과 고향을 등진 수난의 유맹(流氓)과는 다른 것이었다. 개척지에 대한 자부심, 고향과도 바꾸고 싶지 않은 새로운 뿌리내리기의 욕망이 도사리고 있는 것이었다.

이한복의 이러한 사상은 단지 1세대의 그것으로 그치지 않고, 3세대인 이창윤에게서도 재확인된다. 창윤은 비봉촌 사람들의 의견을 받들어 고향 종성으로 돌아가 있는 훈장 조 선생을 다시 모시기 위해 두만강을 넘어 조국에 들어온다. 고국 땅을 밟은 그는 고향의 첫인상에 탄성을 지른다. 고국의 산과 들, 나무와 집들, 자연의 모습과 풍토가 북국의 그것과는 너무도 달랐기 때문이다.

> 그러나 고향의 나무와 숲속엔 평화와 그윽한 것이 깃들어 있는 것 같았다.
> "부드럽다."
> 같은 하늘의 푸르름도 북간도의 것과는 다른 맑은 푸르름이었다.
> "아늑하다."
> 강을 건너 고국에 발을 들여놓으면서 창윤이는 산과 들과 마을을 싸돌고 있는 공기마저 아늑한 것이라고 느꼈다. 살얼음이 졌을 뿐, 아직 딴딴히 얼지 않은 냇물도 맑았다.
> 깨끗한 인상! 그리고 따뜻하기도 했다. (…중략…)
> '왜 이런 곳을 우리 할아버지는 떠나지 않아서는 앙이 됐을까?'
> (상권, 190~191면)

그러나 고국의 산천에서 받은 창윤의 이 감격과 흥분은 오래 가지 못한다. 그는 고국 사람들의 궁핍한 삶과 그로 인해 팍팍해진 인심을 목격하면서 심각한 회의에 빠지게 되는 것이다.

> 고국의 아름다운 산천에서 받은 첫인상이 배신당하는 듯한 심정이었다. 그 심정은 비분의 격랑에 휩쓸려 안정을 얻지 못하는 민심이나, 친척들의 서먹서먹한 대접에서 생기는 것만이 아니었다.
> 며칠 묵으면서 선조의 산소를 돌아보고 할머니가 일러 주던 대로 친척

의 집을 찾아다니는 사이에 발견한 고향 사람들의 생활이 예상 외로 풍성치 못하다는 데서 오는 실망이었다. (…중략…) 비봉촌처럼 살기 좋고 인심이 후한 곳은 없다고 창윤이는 생각하게 됐다. 첫눈에 인상이 깊었던 홑두루마기의 얇은 옷차림이나 문풍지의 방한(防寒) 설비도 그러면 빈한한 생활에서 나온 게 아닐까?

 창윤이의 눈은 점점 고국의 땅, 부조의 고향의 깊게 감춰 있는 데를 파고들었다. (…중략…)

 그리고 또다시 입 속에서 뇌어졌다.

 '그래두 우리 게가 제일 좋아.'

(상권, 195~196면)

 창윤은 청인들의 핍박과 얼되놈들의 시달림이 없는 것은 아니지만, 고국의 궁핍한 생활과 각박한 인심에 견주어 볼 때, 이주지인 '비봉촌'이 훨씬 살기 좋다는 결론에 도달한다. 창윤은 고향을 방문하는 순간, 고향을 상실하는 기묘한 경험을 하게 된 셈이다. 이제 돌아갈 곳은 새로운 안착지임을 확인한 비봉촌, 즉 간도밖에 남지 않았다.

 만주 체험의 문학적 형상화에 있어서, 안수길이 차지하는 독특한 위상은 바로 이 지점에서 발생한다. 그의 소설에 등장하는 이주민들은 이산(移散)의 고통 가운데에서도 '언젠가는 돌아가야 한다'는 귀환의 욕망을 내비치지 않는다. '귀환의 욕망'을 대신 메우는 것은 개척지를 끝내 지켜야겠다는 '보존의 욕망'이다. 『북간도』를 시종여일하게 가로지르고 있는 '민족주의'사상이 사실은 텍스트의 서사논리에 비추어 볼 때, 매우 허약한 기반 위에 서 있음을 이로써 확인할 수 있게 된다. 이주민 주인공들이 견지하는 '민족주의'란 필경 '국권회복'일 터이지만, 그때의 '국권'이란 떠나온 고향으로 돌아갈 수 있는 희망의 근거로서가 아니라, 새롭게 개척한 땅에서 권익을 보호받을 수 있는 근거를 의미하게 된다. 물론 그 권익에는 경제적 소유권만이 아니라, 문화적 동일성을 계속 유지·보존할 수 있는 권리도 포함될 것이지만.

그러나 창윤의 대(代)에 비봉촌의 해체를 경험하고 기와골로 옮기고 다시 용정으로 옮겨오면서, 비봉촌에 대한 원래의 소망도 여지없이 사그라지게 된다. 비봉촌의 몰락과 용정의 번성은 일종의 반비례 관계에 놓인 대척의 공간을 상징한다. 비봉촌이 주인공 이한복 일가가 설정하고 있던 일종의 '개척지 농촌공동체'를 상징한다면, 용정은 '식민지 근대화'를 상징하는 공간이다. '풍요로운 공간'을 소망하던 창윤에게는 용정의 번성과 그 번성을 뒤따르는 옛 친구 장현도의 발전에 대해 명료한 판단을 내리기를 주저한다. 명분으로서의 '민족주의'와 실리로서의 '물질적 풍요로움'의 갈림길에서 그의 내면은 서로 길항하고 있었기 때문이다. 그리고 창윤의 이러한 의식은 곧 작가 안수길의 의식이기도 한 것이었다.

간도협약 체결 이후, 그리고 마침내 만주국 건국 이후에, 『북간도』가 그려 보이고 있는 만주 이주민의 삶의 형상은 기묘한 균열이 생겨나고 있다. 삶은 분명히 풍요로워지고 있는데, 그 삶의 풍요로움을 '민족주의'의 이념적 프리즘에서는 용납할 수 없는 딜레마가 그 균열의 중요한 원인이다. 차라리, 최서해나 강경애처럼 안수길 역시 일제의 만주 지배가 그 범위를 넓혀갈수록 외양의 화려함과는 달리 조선 이주민들의 삶은 더욱더 궁핍해져가는 쪽으로 그려나갔더라면 일관성은 유지할 수 있었을 터이지만, 안수길은 그 길을 선택하지 않았다. 그러한 균열은 그가 경험한 만주 체험과 민족주의 이념의 지향이 서로 텍스트 안에서 어긋나고 있기 때문에 생겨난 것이다.

이제(만주사변 직후를 말함-인용자) 간도 천지는 평온무사하게 됐다. 그러나 그것은 간도도 만주의 다른 지역과 더불어 일본이 되어 가고 있다는 증거 외에 아무것도 아니었다.

상삼봉에서의 경편 철도가 광궤(廣軌) 철로로 바뀌었다.

경성에서 청진, 회령, 용정을 거쳐 길림, 신경에 급행(急行)이 쏜살같이 달렸다.

장진강(長津江)의 전기가 이곳까지 송전돼 왔다.

이름만 만주일 뿐, 간도일 뿐, 조선 내지와 다를 것이 없었다.

중일전쟁이 일어난 뒤에는 더욱 그랬다.

<u>어둡던 간도도 환히 밝아졌다.</u>

기후도 포근해진 듯했다.

흙도, 땅도 맑아진 것 같았다.

<u>그러나 북간도는 어두워 가고 있었던 것이다.</u>

언제 봉오골 싸움이 있었던가? 청산리 싸움이 무언가? 기억에 생생한 사람은 안타깝기만 했다. 그러나 그런 걸 즐겨 이야기하는 사람도 없었으나 듣고 싶어 하지도 않았다.

<u>북간도는 점점 밝아지고 있었다.</u>

동경 유학생도 많아졌고, 정부의 고관이 되는 사람도 늘어났다. 군인(軍人), 기사(技士)들도 배출됐다.

밝아진 북간도를 찾아 조선 내지에서 많은 사람들이 두만강을 건너왔다.

망명의 숨어 넘는 두만강이 아니었다. 급행을 타고 담배 한 모금에 넘는 두만강이었다.

한두 호의 가족들이 말 등에 솥을 싣고 눈보라에 휘몰리면서 넘는 두만강이 아니었다. 지도원의 인솔 밑에 개척민(開拓民)이라는 거룩한 이름으로 집단을 이루어 넘어오는 두만강 건너였다.

<u>그러나 북간도는 어둠 속에 잠겨 가고 있었다.</u>

(하권, 320~321면, 밑줄은 인용자가 침)

위의 인용문은 안수길이 견지하고자 한 '민족주의'가 만주 이주민의 삶의 변화, 특히 일제의 지배범위가 확장되는 것과 맞물려 진행되는 삶의 변화를 해석하고 역사적으로 재구하기에는 턱없이 허약하다는 것을 반증해 주고 있다. '밝음'과 '어두움'을 일부러 대비시키면서, 만주사변 이후, 그리고 만주국 건국과 중일전쟁을 거치면서 만주의 경제 사정과 식민지 근대화가 본격적으로 진행되는 것을 '밝아지고 있다'는 표현으로, 그러나 그것은 곧 일제의 지배력이 확장되는 것을 의미하는 것이므로, 민족주의자의 입장에서 볼 때는 '어두워지는 것'으로 표현하고 있지만, 밝아지고 있는 것이 구체적인 데 비해, 어두워지고 있는 이유는 단지 일본의 지배 범위와 강도가 커지고 있다는 추상적 사실 이외에는 아무 것도 적시하는 것이 없다. 그가 경험했던 만주 체험의 실상은, 민족적(民族籍)과 국적(國籍)의 혼란, 개척지와 고향에 대한 모순적인 지향, 민족적 아이덴티티와 법적 지위 사이에 생겨나는 균열과 갈등이며, 이러한 균열과 착종을 가로지르는 삶의 안정과 뿌리내리기를 절대적인 소망으로 설정하고 있었다. 민족주의는 해방 이후에, 과거 만주 체험의 문학적 형상화에 대한 반성으로 틈입된 것일 뿐이었다. 여기에서 우리는 『북간도』의 서사 전개에서 1, 2, 3부와 4, 5부 사이에는 중요한 차이점이 있음을 확인하게 된다. 1, 2, 3부에서는 재만조선인들의 일상적 삶이 전경화 되고 역사적 사건은 그 배후에서 작동하는 데 비해, 4, 5부에서는 역사적 사건들이 지루하게 요약·설명되는 사이사이에 등장인물들의 거취가 삽입되는 방식으로 전개된다. 따라서 1, 2, 3부의 간도개척민들의 삶에서 나타나는 핍진성과 역동성은 4, 5부에 이르면 크게 퇴색하고, 마치 독립운동 관련 사건을 서술체로 재구성해 놓은 듯 소설의 긴장감과 형상성보다는 운동사의 재구에 급급하다.

　『북간도』 전체를 지배하고 있는 이러한 균열과 모순의 가장 중요한 근거는 소설이 만주국 건국 이후를 거의 다루지 않는다는 사실이다. 시간 자체로만 따지면, 『북간도』는 19세기 말부터 1945년까지를 포괄하고 있지만, 서사의 대부분을 차지하는 것은 1920년대 중반까지이며, 1932년 만주국 건국 이후부터 1945년까지는 소설의 맨 마지막 절인 '그 뒤에 올 것'에서 10여 쪽에 걸쳐 스케치하듯이 언급하고 지나간다. 작가 자신이 가장 구체적으로 체험하고, 가장 잘 형상화할 수 있는 시간대의 '만주 체험'을 고스란히 생략해버린 것은, '만주 체험'을 문학적으로 재구(再構)하고 복원하겠다는 작가의 애초 의도와 크게 어긋난다.

그런 점에서 『북간도』는 해방 전 안수길이 썼던 일련의 작품들, 특히 「목축기」나 『북향보』, 그리고 「벼」나 「새벽」과 함께 읽으면서, 『북간도』의 결락, 즉 '만주 공간'에 대한 작가의 무의식과 의식 사이에서 생겨난 미묘한 길항과 배치를 섬세하게 재구성하는 방식이 필요하다. 동시에 『북간도』는 한국인이 경험했던 '이산'의 문학적 형상화에서 매우 독특한 위치를 차지하면서도, 종국에는 작가가 그 '이산'의 체험을 '민족주의'의 프리즘을 투과시켜 그려야 한다는 강박으로부터 벗어나지 못해, 일종의 균열이 발생한 경우에 해당한다.

4. 맺음말

만주 체험은 한민족이 경험한 역사적 이산의 한 특수한 사례에 속한다. 그러면서도, 근대 이후의 어떤 이산의 경험보다도 독특한 성격을 띠고 있는 까닭에, 그러한 체험의 문학적 형상화는 우리에게 중요한 검토의 대상이 될 수밖에 없다. 특히, 만주 체험은 이 지역이 동아시아 여러

나라들, 특히 중국과 한국, 그리고 일본의 다양한 이해관계와 인식들이 서로 충돌하고 길항하는 공간이었던 까닭에 한 두 개의 해석 코드로 환원하는 것은 실상과는 다른 결론을 도출하기가 쉽다. 우리는 만주 체험의 문학적 형상화를 통상 '친일과 항일' 혹은 '수난'과 '저항'이라는 두 개의 커다란 카테고리 안에서 읽어 왔다. 그러나 안수길의 경우는 그 어느 쪽에도 해당되지 않는 독특한 만주 체험의 형상화를 시도했고, 특히 그의 대표작으로 인정받고 있는 『북간도』는, 그가 경험하거나 목격했던 간도 이주민의 삶에, 민족주의 이데올로기를 투사하면서 미묘한 내적 균열을 빚어낸다는 점에서 주목할 필요가 있다. 왜냐하면, 『북간도』가 드러내는 그러한 내적 균열이야말로, 안수길의 텍스트에 반영된 만주 체험의 복잡 미묘함을 보여주는 가장 적절한 근거이기 때문이다. 그리고 그 체험은 한민족이 근대를 전후한 시기에 경험했던 가장 대규모의, 그리고 초유의 혼란이었기 때문에 역사적으로 새롭게 조명하는 일이 더욱 긴요해진다. 안수길은 '이산'의 문학적 형상화를 새롭게 재해석하는 도정의 시금석에 해당한다고 볼 수 있으며, 『북간도』의 문학사적 가치는 바로 그 지점에서 생겨난다. 따라서 고대에 우리 민족이 지배했던 광활한 땅에 대한 '고토회복'의 역사적 향수(鄕愁)와, 식민지시기에 자기의 땅으로부터 유배 받은 조선 민족의 '만주 개척 서사'의 금자탑이 아닌, 근대 초기 '만주' 공간을 중심으로 형성된 이주(移住)와 이산(移散)의 중층적인 기억과 재현의 텍스트로 읽을 때, 『북간도』는 비로소 한국문학사에서 새로운 해석과 평가의 근거를 얻게 될 것이다.